村人は
お布団スキルで
世界を救う
快眠するたび勇者に近づく物語
クリスタルな洋介
Illustration / kaworu
TOブックス

contents

イラスト：kaworu　デザイン：安藤竜也（むしデザイン）

第一話

「ふとん？」

「……はい。貴方のスキルは……お、お布団《ふとん》……です」

目の前にいるスキル鑑定士が、言葉に詰まりながらそう言った。その光景に、周りの村人達がドヨドヨと騒ぎ出す。

（え？　いま、何て言った？）（何じゃ？　ふとん？　ふとんって、一日の終わりに潜る、あの寝具の事かの？）（スキルが布団ってどういうことかしら？）

スキルとは、すなわち「才能」だ。剣術や魔術のスキルを有する人は戦闘関連に向いていて、計算や発想のスキルを有する人は生産関連に向いている。人には持って生まれた才能があり、十五で成人を迎えた者はそれを鑑定し、自分に合った職種を選んで人生を送る。それがこの世界の常識だ。今日はそのスキルを鑑定する成人の儀の式典が村で行われていた。

「鑑定の結果が、これです」

名前　　ノレム・ゴーシュ　LV《レベル》2

種族　人間　　黒髪／黒目／中肉中背
スキル　お布団

自分のスキルに呆然《ぼうぜん》としていると、後ろから人を小馬鹿にしたような笑い声が響いた。

「ぎゃははははは！　何だよそりゃ？　そんなの聞いた事ねえぞ！　クソじゃねーか！　野良なのに、野良仕事にも使えねえ！」

いつもながら腹が立つ声だ。後ろを振り向かなくても誰だか解る。……あいつらだ。

「おい！　聞いてんのか？　野良！　ノラムよお！」

その言葉にたまらず、さすがに食って掛かった。

「……俺の名前は、ノレムだ」

「はあ？　知ってるよ野良野郎！」

地べたに座る村の不良連中が俺を睨みつけた。負けじと俺も睨《にら》み返す。こいつらは事ある毎につっかかってくる。喧嘩《けんか》もしょっちゅうだ。とは言え、五、六人の集団に一人では適うはずもなく、いつも負けていた。しかし、それでも俺は――。

「ノ、ノレム」

その声で我に返り前を向くと、困った顔の女の子が立っていた。その子は俺の手を取り、不良たちとは逆の方向へと歩きだした。

「ね、ねえ？　あっちで、話そ？」

「ああ……そうだな。フェミル」

フェミル・アロイスは俺と同じ十五歳で、成人の儀の式典に参加していた。幼馴染……いや、同じ屋敷で暮らしていたから、兄妹みたいなものか。細い首までかかる茶色の髪を揺らしながら俺の手を引いている姿は、どちらかと言えば、姉と弟に見えるだろうか。

「はー？　まぁだ、女に守られてんのかよ！」

「成人してねえんじゃねえ？」

「ぎゃはは！　お前、来年も成人の儀を受けろよ！」

不良どもの罵声に、感情が爆発しそうになった。しかし何とか堪えた。今日は成人の儀の式典だ。ここで喧嘩でも起こそうものなら、式が台無しになる。

「フェミル、また後で」

「え？」

俺はそう言うと、式典会場を後にした。あれ以上の暴言に耐えられそうもない。限界が来る前に、立ち去ることしかできなかった。もやもやしながら自分の家の方へ歩いていると、後ろから声がした。またあいつらかと思ったが、聞き覚えのある優しい声に胸を撫でおろした。

「ノレム、大丈夫か？」

「ええ。平気ですよ。バンゾさん」

この村の村長にして、フェミルの叔父《おじ》。そして、俺の育ての親のバンゾさんだ。眼鏡の奥の細い目には優しさが満ちている。どうやら俺を心配して会場から追ってきてくれたらしい。

「俺は大丈夫ですから、フェミルについてあげてください。せっかくの晴れ舞台ですから」

「う、うむ……すまないノレム。悪ガキ共にはきつく言っておく」

「ははは……。まあ、俺が野良なのは本当ですから」

その言葉にバンゾさんは困ったような顔をした。しまった。気を遣うつもりが、育ての親に自分は親無しですからと言ったようなものだ。

「あ、いや、でも！……俺、バンゾさんは本当の父親のように思っています」

俺の言葉に一瞬だけ表情を曇《くも》らせたが、いつもの優しい顔に戻った。照れ臭いのもあって、挨拶《あいさつ》もそこそこにバンゾさんと別れた。自分の家に戻ると、すぐに薄い布団に寝転んだ。

俺には両親がおらず、幼いころにバンゾさんに引き取られた経緯がある。十二歳まで一緒に住んで、それ以降はバンゾさんの別宅であるこの家に一人暮らしをさせてもらっている。

「さっさと独立しないとなあ。迷惑かけっぱなしだ……」

とは言え、独立するためには金がいる。稼ぐためにも自分のスキルを理解して、上手く運用しなくてはならない。だと言うのに。

「布団ってなんだよ……」

試しに横になってみたが、特に何も起きない。魔法かな？　と疑ったが、このぺらぺらの布団が、浮いたり飛んだりするなんて思えないし、どういうスキルなんだ？

「しまったな。スキル鑑定士にもっと詳しく聞いておけば良かった」

明日になったら聞いてみるか。……あ。そう言えばフェミルのスキルを聞いてないぞ。何のスキルなんだろう？　フェミルの事だから、のんびりしたものなんだろうな。裁縫とか、園芸とか。料理……は、無いな。まあ、とにかく祝ってあげないと。

深夜だったが、式典があるこの日だけは村全体が夜通しのお祭り状態だった。そのおかげで、こんな時間でも普通に多くの人が家々を出入りしていた。俺は今日のうちに祝ってあげたくてバンゾさんとフェミルが住む屋敷に向かった。

「成人、おめでとう」

「あ、ありがと……」

小高い丘に作られた屋敷から出迎えてくれたフェミルは、浮かない顔をしていた。

「ん？　どうかした？」

「え、あはは。うん。ちょっと疲れちゃって」

「そっか。まあ、式典の主役はフェミルだからな。無理ないよ」

フェミルは村長であるバンゾさんの実子ではなく兄夫婦の子で、俺と同じく引き取られた子供だ。こんな田舎の村で成人の儀の式典が大々的に開かれたのは、村長の子供であるフェミルが十五を迎えたからだ。

「あれ？　バンゾさんは？」

俺が屋敷に来ると、必ず出迎えてくれるバンゾさんがいないことに気が付いた。

「え？　あ……そういえば、いないね。でも、叔父さんって村の散歩と見回りが趣味みたいなものだから」

そう言って、フェミルはえくぼができるいつもの笑顔を見せた。その顔に、ホッとした。

……にしても、成人の儀の式典の日だと言うのに、日課である村の見回りをするのか。いかにもバンゾさんらしい。雪がたくさん積もった日にも、おかしなくらいに服を着重ねて見回りをしていたバンゾさんを思い出して、つい笑ってしまった。

「じゃあ、おやすみ」

「うん。じゃあ、送るね」

フェミルはさも当然のように俺の手を引いて、村の中央に続く坂道を歩く。

「フェ、フェミル、待って。一人で大丈夫だから」

フェミルは、いつも俺の手を引いて、村の不良連中から守ってくれた。本当は臆病で、怖がりで、傷つきやすいのに、俺が絡まれそうになると身を挺《てい》して守ってくれた。それが嬉しい反面、情けなくて、申し訳なくて、たまらなかった。

「フェミル、俺はもう成人だよ。だからもう大丈夫」

「……」

フェミルが俺を見て呆けている。いや、違う。妙な違和感を覚え、フェミルの視線の向こうを見た。村の遠くが赤々としている。

「火事……？」

強すぎる赤い光が、それを示していた。しかもこの方向……これは……俺の家だ。

※※※

まるで太陽のように熱かった。目の前で燃えている自分の家……いや、バンゾさんの別宅が、とてつもない熱波を発しながら猛《たけ》っていた。どうしていいのか解らず立ち尽くす俺に突然、バンゾさんが覆いかぶさってきた。

「ノレム！　ノレム！　良かった！　無事で良かった……！」

びっくりするくらい泣き崩れたバンゾさんが、俺を力いっぱい抱きしめた。それから、村人が総出で消火活動をしてくれた。みんなの家から離れていたこともあって、延焼もなく何とか鎮火できた。

ふと後ろを向くと、遠くで不良連中がニヤニヤ笑っているのが見えた。俺は思わずブチ切れそうになった。直感だが、こいつらがやったんじゃないかと思ってしまった。フェミルやバンゾさんには言ってないが、実は長年に渡って嫌がらせを受けていた。洗濯物が切り刻まれていたり、窓ガラスが割られたり。この村で俺に絡んでくるのはこいつらしかいない。きっと、俺が余所者だからだ。

「人が大変なのに笑うの、よ、良くないよ」

怒りの頂点を迎える直前、フェミルが不良連中の前に立ちはだかった。足はガクガクで、今にも泣きだしそうだというのに、はっきりと拒絶の言葉を言い放つ。その言葉に、リーダー格の不良、トマスが顔を引きつらせた。

「……チッ」

フェミルが殴られるのでは、と心配したが、トマスは舌打ちをして下を向いただけだった。意外な行動だったが、ホッとした。何事も無く、フェミルは呼吸を整え俺に近づいてきた。

「ノレム、大丈夫？」

「あ、ああ。まあ、俺に……怪我はないよ」

白い煙を漂わせて、炭の塊となってしまった家を見ながら何とかショックを受けていないように取り繕《つくろ》う。しかし、俺のそんな拙《つたな》い誤魔化しなんてフェミルには通用しない。

「今日は、屋敷に泊まって？」

フェミルの言葉に、俺よりも先にトマスが反応した。

「……てめえのどこが、成人だってんだよ……」

その言葉に俺は、今日一日と言わず長年に渡って溜りに溜った怒りが溢《あふ》れ、抑えきれなくなった。

「ありがとうフェミル。いやーでも、実はアテがあるんだよ！　だから大丈夫。おやすみ！　また明日な！」

俺の言葉にフェミルとトマスはぽかんとした。すぐにその場を立ち去り、村の外れまで歩いた。しかし、当然、アテなんか無い。でも意地だった。

「何だよ！　あいつら！　死ぬほどムカつく！」

沸騰《ふっとう》した頭でブツブツと大きめの独り言を呟《つぶや》いていたが、一歩一歩進むごとに頭が冷えていった。

「……あ」

フェミルを屋敷に送ってない事に気がついた。しまったな。いや、でも、バンゾさんが一緒だから大丈夫か。

すっかり平常心を取り戻した頃には、村の外れにあるご神木の前まで歩いていた。ここでフェミルとよく遊んだ事を思い出す。それと同時に俺は今日、大人になったんだなあと思った。特に何か変わった訳じゃないけれど、感慨深かった。樹齢数百年というご神木を見上げると、かすかな風に葉を擦《こす》らせていた。その音は、妙に神秘的だった。しばらく眺めていると、葉っぱの隙間《すきま》から白いものが見えた。ちらちらとゆっくり降ってくるそれは……。

「雪……？　え？」

季節は春先。雪が降ってもおかしくないとは言え、家を失くした今の俺にはきつすぎる。

風も出てきて、思わず泣きそうになった。温まりたい。今はもう失くしてしまった、あのぺらぺらの布団でもいいから包まりたい。あんな酷い布団でも……そう思っていたせいか視界の端に白いものが見えた。

「え？」

ゆっくりと視線を移していくと、そこには純白の布団があった。なんでこんなところに布団が？　と思ったが、俺の疑問を吹き飛ばすような冷風が襲ってきた。もうどうでもいい。とにかく、温まりたい。俺は目の前の布団に触った。手が沈む。どこまでもふかふかだ。程よい硬さと弾力の布団。今まで見た事も聞いた事もない程の上物だ。俺は我慢できず、その布団に滑り込んだ。

「ふああああああ……！　な、なにこ……れ……」

その瞬間、体がとろけるような感覚に襲われた。温かい。柔らかい。いい匂い。今まで味わった事が無い多幸感。俺は、一瞬にして意識が持っていかれそうになった。しかし、完全な眠りに落ちる前に幻を見た。

「おとなになったら、けっこんさせてください！」

幼い俺とフェミルがご神木の前で手を繋いでいた。これは本当にあったことなのか？　俺の妄想なのか？　それは解らない。しかし、これが本音だったのは解る。俺は、フェミルの事が……むかしから……ずっと…………す…………き……。

俺の意識が完全に暗闇になる直前に、妙な文字が目の前に浮かんだ。

『お布団スキルを解放しました』
『お布団召喚ＬＶ１を使用しました』
『睡眠学習ＬＶ１を開始します』
『睡眠不足ＬＶ１の効果が切れました』

第二話

かすかに鳥の鳴き声が聞こえる。それに眩《まぶ》しい。はっきりとしない意識の中、ゆっくりと目を開く。その途端、日の光が突き刺さった。目を細めながら体を半分起こし、深呼吸をして辺りを見渡す。薄く雪が積もっていたが、それを感じさせないくらいに布団の中はほっかほかだった。

「よく寝た――」

体の底から力が漲《みなぎ》り、心が青空のように晴れやかだ。何時間寝ても俺のぺらぺら布団じゃ、こんなに爽快な朝は迎えられないだろう。とても高級な布団に違いない。しかし、何でこんなところに？

『お布団で寝たので、以下の能力が発動します』

突然、目の前に文字が浮かんだ。

『全能力上昇ＬＶ１が発動しました。全能力補助ＬＶ１が発動しました。完全回復ＬＶ１が発動しました。免疫補助ＬＶ１が発動しました。睡眠学習の効果でＬＶが２から10に上がりました。八時間の睡眠で、お布団ポイント８を取得しました』

その文字が目の前から消えるまで、俺は動けなかった。あまりの出来事に、頭がついていかない。何が起こったんだ？　全能力補助？　ＬＶ？　お布団ポイント？……俺はまだ寝ていて、夢を見ているのだろうか？　顔でも洗おうと、布団から出て靴を履いたその時。

「え⁉」

布団が光の粒となって消えていった。後に残ったのは、布団の形に雪が無い地面のみだ。何が何だか解らない。ふと、目の前のご神木を見る。もしかしたら村の守り神が一晩だけでもと、布団を貸してくれたのかもしれないと思い、両手を組んで祈った。きっとこれは女神様の慈悲だ。

「とりあえず、戻るか……」

炭となった我が家に行こう。後片付けもあるし、とにかく現状を見なきゃならない。重い足取りで進んで行くと、遠くからでも解る真っ黒な我が家が見えてきた。その前に、家を見ている白髪の男性がいた。

「バンゾさん！」

俺の声に驚き、体をびくりと反応させた。しかしすぐに、俺の方へ慌てて駆け寄ってきた。

「ノレム、昨夜はどこに？　無事なのか？　本当に、何もないのか？」

いつもゆっくりとしているバンゾさんが慌てている。珍しい。

「あ、いや、大丈夫です。ゆっくり眠れました。それに、俺は本当に何ともないですよ。あの時間、屋敷にいたんです。フェミルにお祝いを言ってなくて」

俺の言葉に、何とも言いようのない表情をした。安堵《あんど》しているような、悲しいような。どうしたんだろう？

「そう、か。……何にせよ、ノレムが無事で良かった」

「あ。でも、すみません。バンゾさんの別宅が燃えて……」

「そんなものどうでもいい！」

バンゾさんの大声が響いた。あまりにも意外な反応に、俺はどうしていいか解らず固まってしまった。

「あ……す、すまない。……すまない。ノレム」

俺への謝罪の言葉を残して、バンゾさんは屋敷の方へ向かって行った。あの温厚で虫も殺せないようなバンゾさんに怒鳴られた事が、あまりに意外だった。その反面、自分の事を本当に心配してくれていたんだと感じ、嬉しさを覚えた。うなだれたバンゾさんの背中を見つめていると、視界の端に見たくもない連中の姿が映った。村の不良どもだ。ニヤニヤしながらこちらを見ていた。

「……あいつら……！」

俺は沸騰しかけた。火事はあいつらの仕業に違いない。度が過ぎている！　本当に俺が死んだらどうするつもりだったんだ！　俺の心は怒りに包まれ、気づけば不良のリーダーであるトマスの襟を掴《つか》んでいた。

「……おい野良野郎。今日はフェミルがいねぇぞ？　こんな事してどうなるか解ってんのか？」

「うるさい！　トマス！　おまえっ！　お前たち！　放火なんて人のやる事じゃない！」

俺の言葉にトマスの眉《まゆ》が八の字に歪《ゆが》む。

「はあ？　何言ってんだこいつ。てめーの不始末で火事になったんだろ！　俺達のせいにしてんじゃねーよ!!」

この期に及んで誤魔化そうとしている。……もう、許せない！

「謝れ！　今までの嫌がらせの分も全部だ！」

「はあああ!?　何だ……こいつ!?　てめえ。イカレてんのか!?」

トマスが顔を真っ赤にして俺の襟を掴み返してきた。周りの取り巻きも殺気立つ。そのうちの一人が妙な表情で俺を見ていたが、それどころじゃない。

「てめえなんてなあ！　家と一緒に焼け死んじまえば良かったんだよ！」

もう俺は耐えきれず、渾身の力を込めた拳を振りかざした。しかし、殴るという行為に慣れていなかったせいか、俺の拳は大きく狙いを外れてトマスが座っていた岩に当たった。その瞬間。轟音《ごうおん》と共に岩が爆散した。

「……は？」

バランスを崩して尻もちをついたトマスと、中腰で目を丸く開いた俺、間抜けな恰好で止まっている周りの不良たち。この場にいる全員が、砕け散った岩を見つめていた。

「こりゃあ！　クソガキども！　何をしている！」

騒ぎを聞きつけたのか、近くの家から老人が現れた。よぼよぼだが村で一番口がうるさく、赤ん坊のように一日中わめき散らす厄介者だ。

「い、行こうぜ」

不良たちは村の外れへ向かって行った。俺は逆に村の中心へと歩く。道すがら、自分の右手を見た。岩を砕く感触がまだ残っている。ボロボロの枯れ木を蹴り上げたような、あの感触に似ていた。しかし、俺が殴ったのは岩だ。人の力で砕くなんてあり得ない。何が起きたのか訳が解らずやみくもに歩いていたが、今さらになって自分のスキルを思い出した。

（布団…）

地べたに突然現れた、あの布団。この世の物と思えないほどのシロモノだったあれは、もしかしてスキルなんじゃないのか？……い、いやいや、待て。スキルがお布団って意味が解らない。でも、じゃあ、あの布団は何だったんだ？　俺は一人でうんうん唸《うな》っていたが、結局答えは出なかった。詳細を確かめるためにも、あの人の元へ向かうべきだ。

※※※

村の外から来た人を泊める村民館とは名ばかりの粗末な小屋の中から、頭の上から足の先まで真っ黒い服装のスキル鑑定士がちょうど出てきた。

「こんにちは」

俺の挨拶に、軽く会釈をしてくれた。

「すみません。あの、聞いてもらいたい事があるんですけど、大丈夫でしょうか？」

言い終えてから、出がけに突然の質問をふっかける自分がひどく失礼な奴に思えて、反省した。どうやら俺は、軽く混乱しているらしい。

「はい」

　スキル鑑定士の無感情な言葉が、逆に有り難かった。

「俺のスキルの詳しい説明をしてもらいたいんです。その、何か、俺の理解を越えているって言うか……」

　しどろもどろで、今朝起きた時に現れた文字だとか、岩を破壊した事とかを説明する。伝わっているだろうか？

「ふむーーん？」

　裏声のような高い声を漏らし、黒いトンガリ帽子から続く黒いヴェール越しに顎《あご》を触っている。改めて声を聞くと、女性のように思えた。

「ではもう一度、鑑定をします」

　そう言うと、スキル鑑定士は右手を俺にかざした。淡く緑色に光るその手をよく見ると、中指の指輪が光っていた。

「ノレム・ゴーシュ。ＬＶ10……え？　10？……スキルお布団……詳細？」

　鑑定士は自分の言葉に驚いていた。

「お布団スキル詳細……？　お布団召喚ＬＶ1、お布団を召喚する？　全能力上昇ＬＶ1、お布団で寝ると、全ての能力が上昇する……え？　な、なに……これ……!?」

　しばらくすると鑑定士が言葉に詰まったようで、無言になった。

「あの……これ、どうなんですかね……？」

「従者に」

気がつけば、スキル鑑定士の人が俺の両手をがっしりと掴んでいた。

「私の従者に」

俺の疑問に答える気はないようで、とにかく付き人にならないかと勧誘された。

「あの、いきなりでちょっと……」

「お金、あげます」

お金。その言葉に俺は卑《いや》しくもぐらついた。成人した以上、一人でお金を稼がなければならない。村では、足腰が悪い老人の野良仕事を手伝ったりして食べ物を貰っていたが、いつまでも子供の手伝いで食いつなぐわけにはいかない。が、しかし。俺には家が無いし、畑も無い。村には小さな商店もあるが、俺を雇う余裕は無いだろう。つまり、俺はこのアロイス村でお金を稼ぐ術が無いに等しい。

布団なんてスキルじゃ何ができるのか解ったもんじゃない。布団屋で働いたり、布団屋を開いたりするのか？　しかし、この村にそんなものは無いし、需要もないだろう。そもそも商いのやり方も知らないし。そんな状況でこの話は正直嬉しい。しかし、スキル鑑定士の従者になるという事は……つまり。この村を出るという事だ。……それは……できない。

「すみません！」

「あ……」

つい走って逃げてしまった。しかし体が風のように軽い。景色が後ろに吹っ飛んでいく。

※※※

「フェミル、こんにちは」

「うん。ノレム、こんにちは！」

俺は無意識にフェミルの屋敷に足を運んでいた。いつも通りの笑顔を見て、ようやく落ち着いた。たわいない話をして、気持ちのいい時間を過ごした。

「そういえば、叔父さんが元気ないんだよね。ずっと上の空って言うか」

「ああ。確かになんか変だったな。でも、無理ないって」

「え？　何で？」

何だ、気づいてないのか？　成人の儀をやったっていうのに。

「フェミルが嫁に行くかもしれないって心配しているんだよ。きっとね」

その言葉に、フェミルは上目遣いで顔を真っ赤にさせていた。無言で照れているかのような反応を見て、なぜか昨夜の幻を思い出した。「おとなになったらけっこんさせてください！」なんて事を言っていたあの幻を。

ようやく、自分が何を言っているのか理解できた。これじゃ、俺と結婚しようと言ってるようなものなんじゃ……。

「あ、じゃ、じゃあ、俺、ちょっと戻るよ。うん」

「あ、う、うん。じゃあ、ね。また」

二人で顔を真っ赤にして、何とか取り繕うのが限界だった。俺は足早に屋敷を後にして、ご神木の所まで戻った。以前は、屋敷からご神木まで歩いて三〇分はかかったのに、今の俺は二、三分で走り抜けてしまった。それに、呼吸も乱れていない。汗の一つもかいていない。耳を澄ませば、鳥の寝息も聞こえてきそうだ。

何となく、見よう見まねで回し蹴りをしてみた。ゴウン！　という空気を裂く音と共に、周りの草が一斉に後ろへ倒れ、土埃《つちぼこり》が舞い上がり、ご神木の葉っぱがざわざわと音を出して落ちてきた。葉っぱの雨の中、それを全て避けた。そして右手だけで何枚も掴んだ。三〇を超えたあたりでもうやめた。もういい。十分だ。

今、俺に何が起きている？　俺は本当に、どうしてしまったんだ？　俺は自分の変化に驚き、同時に、胸の奥が熱く高鳴るのを感じた。

閑話休題一　フェミルの想い

「そ、それじゃ、また明日」

ノレムがそう言って、外に出て行ってしまった。私はいつものように途中まで送るつもりだったのに、顔を真っ赤にさせたノレムを妙に意識してしまって、動くことができなかった。閉まった扉の向こうの足音が聞こえなくなった頃に、肩がすとんと下に落ちた。そこでようやく緊張していたのだと気がついた。

「はあー」

ため息と一緒に自分の頬をさすり、驚く。

「あっつい……！」

自分のほっぺたが、まるで焼けた石のように熱かった。私は自分の部屋に急いで戻った。

「う、うわあ……まっ……かっか……」

部屋の鏡を見ながら、私は悶《もだ》えていた。鏡の中の私は、ほっぺたから耳まで真っ赤だった。その姿を自分で見るのは、とてもじゃないけど耐えられない。

「あああ……これじゃ……ばれちゃうよ……」

私は靴を乱暴に脱ぎ捨てて、クッションに顔を埋めてベッドに横になった。いつからだろう。ノレムを男の子だと意識したのは。ずっと同じ屋敷で育ったと言うのに。以前は、私はお姉さんのつもりでいた。初めてノレムに会った時は小さくて、可愛くて、弟にしか思えなかった。

「知られちゃったかなあ……」

でも、気づいた時には背丈も越されて、あんなに可愛かった声も低くなって、腕も筋肉が目立ってきて、びっくりするくらいに男の子になっていた。ノレムは私を家族だと思っているはず。姉に感じているのか、妹なのかは解らないけれど。

「好き……とは、思ってないよね」

私の本心を知ったら、ノレムはどう思うんだろう。ずっと家族同然の付き合いをしてきたのに、異性として見られていたと解ったら。……考えたくない。それなのに、私はその想像を何度も何度も繰り返していた。私の思いを伝えたノレムは、一瞬だけ困った顔をして、すぐに取り繕う。「嬉しいよ、フェミル」そう言ってくれる。……私を傷つけないために、嘘《うそ》をつく。その顔を想像して、最悪な気分で現実に帰ってくる。

「…………っ」

ベッドに突っ伏しながら、羞恥心と自分の嫌悪感に叫びそうになる。それに何とか堪えていると、代わりにお腹が鳴った。そういえば、今日はしっかりした食事を摂ってない。成人

の儀でばたばたしてたし。……あんな結果になっちゃったし。それに何か……その。大人になる日だから。もしかしたらノレムから告白されるんじゃないかと、馬鹿な妄想を膨らませていたせいか、今の今までお腹が減っていなかった。

私は体を起こして、台所に向かった。何か無いかと探していると、炭のようなものが棄てられていた。私が今朝作ったクッキーだ。炭にしか見えない、不出来なクッキーをひとつ指で持ち上げた。

「あはは……」

思わず笑ってしまった。今の状況と、目の前の炭クッキーがあまりにも私に似ていた。クッキーではあるけど、焼け焦げて食べられたものじゃない。異性ではあるけど、私はノレムにとって家族であって女性じゃない。

そんなノレムは、私のお粗末なクッキーをよく食べてくれた。ほとんど炭になってしまったクッキーを苦笑いで食べてくれるノレムを見て、その、正直……ときめいた。こんなに優しいんだなって。この人いいな、って。大好きになってしまった。我ながら単純だ。

「覚えてないんだろうなあ」

炭クッキーを眺めながら、昔を思い出していた。ご神木の前で結婚を誓った日のことを。きっとノレムは忘れているだろうけど、村の守り神の前で私たちは契りを交わした。大人になったら結婚させてくださいと。私にとってそれがどれだけ心の支えになったことか。幸せだったことか。

「覚えていたら、嫁がどうのなんて言わないよね」

自分の呟きに傷つく。それを誤魔化すように、炭クッキーを口に運んだ。

「……!?」

あまりの不味さに、噴き出して笑ってしまった。……涙が出るくらいに。

第三話

「しまった。結局、スキルについて聞いてないじゃないか」

鑑定士の所へ何しに行ったのか。話を詳しく聞く前に出てしまった。また行くのも気まずいな。従者の話を断ったばかりだし。うーむ。どうしようか?

「布団……」

俺がそう呟いた瞬間、地面に光の粒が集まり純白の四角形が現れた。ふ、布団だ!?

『お布団召喚LV1を使用しました』

続いて、目の前に文字が現れる。何というか、この文字は空中に浮き出ているような感じだ。何て奇妙な。見たことは無いが、幽霊や精霊ってこういう感じなんだろうか。……ん?

「お布団……召喚……？」

どこかで聞いた事がある。魔法使いの中には、精霊を召喚して使役する者がいるとか。じゃあ、この布団は精霊なのか？　いやいや、布団の精霊って何だよ？　仮に、もし本当に布団の精霊なんだとしても、どうしてそれを俺が召喚できるんだ？　と言うか、そもそも布団を使役するって……意味不明すぎる。改めて目の前の布団をじっくり見てみたが、やっぱり布団は布団だった。

「布団、だよな……？」

昨日の寝心地を思い出す。今まで感じた事の無いあの感覚。体の隅から隅まで温まり、溶けてしまいそうになるほどの気持ちよさ。あれに抗える人間なんていない。断言できる。

「と、とりあえず……もう一回寝てみるか……」

真っ昼間に地べたに布団を敷いて眠るという行動に恥ずかしさを覚えたが、決して惰眠を貪りたい訳ではないし、外で寝るほど非常識じゃない。しかしこれは布団のスキルを調べるためだ。俺は恐る恐る布団に滑り込んだ。

「うはあああああぁぁぁ……」

とろけるような温かさ。昼間とは言え、かすかに息が白く見える気温だというのに、どうした事か、この中は心地いい春の日差しが広がっているかのようだった。さっそく睡魔が襲ってきたが、俺はそれに何の抵抗も出来ず敗れた。

『睡眠学習LV1を開始します』

※　※　※

気がつくと、俺は白い世界にいた。地面も、遠くも、空も、何もかもが白い。しかし上の方にぽつんと、青い球体があった。とても綺麗だ。まるで宝石のようだけど、あれはなんだろう？……というか、ここはどこだ？　俺はどうしてしまったんだ？　自分の手を見るが、薄い光のような輪郭のみが見えた。何だこれ。夢でも見ているのか？

『はい』

その声に、思わず首をすぼめる。何だ⁉

『お布団です』

……はえ？　お、お布団？

『お布団です』

………………………お布団……？　え、あ。お布団……さん？

『はい』

どうしよう。意味が全く解らない。見知らぬ白い世界で、お布団と名乗る何かに話しかけられている。その相手はどこにもいない。まるで直接頭の中に話しかけられているかのようだ。自分の体もおかしな感じになっている。これはもしや、死後の世界では？　いやいや………え？　まさか、本当に……。

『いいえ』

あ。ち、違うのか。良かった。死んでないのか。って、信じられるか！　じゃあ何だよここ？　何なんだ？　お、お布団!?　何だ？　何が目的なんだ!?

『お布団スキル解放、おめでとうございます。初回特典として、お布団ポイント18を差し上げます。これでマスターはお布団ポイントが18になりました』

……へ、へえ。そ、そうなんだ？　ええと……な、なに？　それ？　俺はとりあえず、このお布団と名乗る何かと会話を合わせる事にした。

『お布団はお布団です。何かではありません』

え!?　な？　しゃべってないのに、何で解ったんだ!?……いや、待て。そういえば俺は今、どうなっているんだ？　右手を見ようとして戦慄《せんりつ》した。無い。目の前には、薄く光る輪郭しか無かった。……なんなんだ!?　もう、訳が解らない！

『落ち着いてください。お布団はマスターの味方です』

……味方？

『はい』

信じていいんだな。と言いつつ、とりあえず話を聞く。こんな怪しい状態で信じられるはずがない。

『お布団は傷つきます……』

な⁉　ま、まさか……全部、筒抜けなのか⁉　思った事も……⁉

『はい』

……これじゃ自分を装ったりしても意味が無いな。警戒も無駄か。解った。話を聞くよ。

『では、お布団ポイントのご説明をします。このポイントを消費する事で、お布団に新たなスキルが追加されます』

新たなスキル……？

『お布団召喚ＬＶ１のポイント消費スキル一覧です』

５ポイントスキル・昼寝ＬＶ１。お布団で昼間に寝ると、効率がアップする。・ベッドメイキングＬＶ１。お布団が汚れない。・快眠ＬＶ１。お布団で寝ると、ストレスが吹き飛ぶ。・抱き枕ＬＶ１。お布団で枕を抱いて寝ると、安心する。

10ポイントスキル・添い寝ＬＶ１。お布団で一緒に寝ると、相手もお布団の効果を得られる。・夢枕ＬＶ１。お布団で寝ると、たまに未来を予知する。・ショートスリープＬＶ１。お布団で眠る時間が短くなる。

20ポイントスキル・聖域ＬＶ１。お布団の中にいる間は、時間が止まる。・お布団魔法ＬＶ１。お布団が浮く。・お布団領域拡張ＬＶ１。お布団の大きさが変化する。

50ポイントスキル・買い替えLV1。お布団ポイントを使って、お布団を買える。・延命LV1。お布団で眠ると、寿命が伸びる。

100ポイントスキル・？？？？？1000ポイントスキル・？？？？？10000ポイントスキル・？？？？？


『以上です』

あ……あり、がとう。うん。よく解ったよ。そうなんだ？　スキルすごいねえ。あ、あは……どうしよう。全くもってついていけない……。

『であれば、お布団がスキルを推奨します』

え？　あ、そうか。筒抜けだった。じゃ、じゃあもう、悪いけど選んでくれない？　俺ちょっとまだ理解できなくて。

『お布団としては、ベッドメイキングと昼寝を推奨します』

うん。えーと。じゃあそれで。

『ありがとうございます』

どこからか、チーンという鐘が当たるような音と共に、大量の枕が降ってきた。一瞬にして白い大地を埋め尽くし、俺もそれに巻き込まれた。

『お布団ポイントは現在8ポイントです。またのお越しをお待ちしております』

※※※

「うわ！」

ぼやけた目の焦点が定まっていくにつれ、すぐそばの草が水滴を弾いているのがはっきりと見えてきた。元の世界に戻ったのか……？　ご神木の葉っぱに水滴がぱらぱらと落ちて心地いい音を奏でている。雨が降っているらしい。

『お布団で寝たので、以下の能力が発動します。お昼寝ＬＶ１が発動しました。睡眠学習の効果で、ＬＶが10から12に上がりました。三時間の睡眠で、お布団ポイント３を獲得しました。合計11ポイントです』

目の前に浮かんだ文字が、現実である事を示していた。お布団と名乗る……いや、もうアレはお布団という事にしよう。お布団がいるあの世界は、どうやら夢ではないようだ。あまりの出来事についていけず、布団の中で寝返りを打って空を仰いだ。

「!?」

雨が俺を避けている。ゆっくり見渡すと、布団の周りだけ雨が当たっていない。まるでガラスの箱にいるようだ。それに大地は雨で酷い状態だというに、布団には泥シミひとつ無かった。濡れてもいない。これは……そういえば、布団が汚れないスキルがあった。確か、ベッドメイキングだ。それが、この効果なのか？

「信じられない……」

いよいよ、このスキルはとんでもないものじゃないかと思えてきた。現実離れした光景に呆然としていると、雨の音に交じって足音が聞こえた。耳を澄ますと、はっきりと解る。一人、二人……六人。こいつらは、まさか⁉　俺は嫌な予感がして、ご神木の影に隠れた。布団は俺が離れた瞬間に光の粒になって消えた。

「さっみぃー」「あー」「くそ」

トマスが率いる不良連中がご神木で雨宿りをしているようだ。相変わらずくだらない話で盛り上がっている。このまま何も関わらずに済むならそうしたい。しかし……。

「トマス、いよいよ明日なんだろ。気分はどうだよ？」

「ああ。問題ねー」

「ノレムがいなきゃ、さっさとしてたのになあ。トマス」

「うるせえ！　アイツの話なんかすんな！　クソッ。気分わりぃ！」

明日？　決行？　何の話をしているんだ？

「とにかく、明日だ。フェミルは……俺のモンだ」

その言葉に、胸がどくんと弾けた。

「……どういう事だ？」

俺はゆっくりとご神木の影から姿を現した。意外な場所から出てきた俺に少し動揺したようだが、不良連中がみるみる凄んでいく。

「害虫かよてめえは……！」

「答えろ！　どういう意味だ！　フェミルに何をする気だ⁉」

俺の言葉にトマスは逆上し、ご神木を思い切り蹴り上げた。

「てめーには関係ねえだろ！」

「……ご神木を傷つけるな。謝れ」

周りの不良連中も次々に殺気立ってきた。ナイフを取り出した一人が、ご神木をガリガリと刻む。……まるで、フェミルとの思い出を汚されたような感覚になり、心の底から怒りが沸いてくる。俺はトマスの襟を掴んで叫んだ。

「あやまれ‼」

「てめえええはそれしかねえのかよおお！」

トマスの拳は俺の顔面に当たったが、殴ったほうのトマスが右手を抑えて悶えた。

「くそ！　何をしやがった！　や、やれ！　今日は徹底的にやれ‼」

トマスの号令で、不良たちが一斉に襲ってきた。上等だ。俺だってもう我慢しない！　そう思った途端に不良連中の動きが遅くなった。不良だけでなく、雨粒も遅く落ちている事に気がついた。

「……さすがに、もう驚くのには飽きた」

目の前の不良の腹を殴ろうとしたが、岩を砕いた事を思い出して、できるだけ弱く殴ってみた。まるで熟れすぎた果物のように柔らかく、ずぶずぶとめり込んでいく。背中まで突き破るのではないかと思い、途中で手を引っ込めた。その瞬間に世界は元の速度に戻り、俺に殴られた不良は草むらの向こうまで吹き飛んでいった。

「は？」

トマスの気の抜けた声がする。他の不良は、味方が一人吹っ飛んでいった事に気がついていない。少し離れていたトマスだけが解った。俺が不良たちを次々にぶちのめしていった光景を思う存分見る事ができただろう。

「ひ……な、なんだ⁉　なんだよ⁉」

俺の変化と仲間の全滅に、すっかり怯えてしまったようだ。ざまあみろ！……しかし、大丈夫かな？　一応は手加減しているから、大怪我は負っていないとは思うけど。

「何度も言わせるな！　フェミルに何をする気だ！」

「なっ……」

「答えろ‼」

俺の声で、ご神木で羽を休めていた鳥が一斉に逃げてしまった。声までＬＶが上がっているのか？

「こ…………こく……はく……」

「ん？」

「告白だよ……」

「え？」

うん？　こくはく？　って、あの、えーと。好きな人に思いを伝える……告白？

「と、トマスはガキの頃からずっとフェミルが好きだったんだよ」

後ろから、腹を抑えながら不良が這ってきた。良かった。大したことないようだ。と言うか、それより。え？　ほ、本当に？

「……そうなのか？」

「お前が、屋敷に来る前からだよ……！」

えええ？　うそ!?　てっきり、何か酷い事をするのかと……。

「ご、ごめん……」

「……謝ってんじゃねえよクソッタレ……」

「いや、あれだ。痛み分けにしよう！　俺もほら、お前らに長年に渡って嫌がらせを受けたし、放火もされたし！　いや、放火はちょっと許せないけど！　でも、うん！　これでチャラで！」

あのトマスが告白をしようとしていたとか、それを俺が水を差してしまったとか、そもそもそんなの駄目だ！　とか、申し訳ない気持ちと長年の怒りが重なり、大混乱していた。

「しつっけえな！　そんな事してねえって言ってんだろ！」

「え……まだ誤魔化す気なのか？」

「少なくとも、俺はそんな事してねえ！　おい！　お前ら！　ノレムに嫌がらせしたの誰だ⁉　この中にいるんだろ！」

トマスの声に、不良たちは顔を見合わせるばかりだったが、一人が恐る恐る手をあげた。

「あの……」

「お前か！」

「ちが！　ちがう！　話を聞いてくれ！」

不良の一人……ナロは、顔が真っ青だった。まるで幽霊でも見たかのような表情だ。

「見たんだよ……あの時……」

「あ？　何を」

ナロは口をぱくぱくさせながら、異常に瞬きをしていた。当時の記憶を振り返っているようだが、様子がおかしい。

「おれの家……ノレムの家が見える位置にあって、あん時、何となく窓の方を見てたら、裏口のあたりが突然明るくなったんだ。興味が出て確認しに行った。そしたら……」

ごくりと唾を飲んで、衝撃的な事をつぶやいた。

「村長が、ノレムの家を燃やしてたんだよ。炎に照り返されて、顔が、村長の顔が、すっげえ怖くて。何にもない顔なんだよ。怒ってるとか、悲しいとか、そういうんじゃなくって、ただ、ただ、ただ、無表情だった。それが怖くて……」

「おい……確かか、それ？　何でそれを言わなかったんだ？」

「だって信じられねえんだよ！　あの村長が、だぜ⁉　それに、人が変わったみてえにノレムって叫びだして……おれ、おれ、きっと勘違いしたんだって。そう思ったんだ！」

「……嘘だ」

バンゾさんが、火事の犯人？　あり得ない。

「う、嘘じゃねえよ！　何だったら、おれだって嘘って思いてえよ！　でも！　あの顔が忘れられねえんだよ！　なんにもねえんだ！　本当に！　まるで死人みてえだったんだよ！」

ナロはそう言い、肩を抱いて震えだした。とてもじゃないが、嘘をついているようには見えない。

「嫌がらせも……村長じゃねえのか？」

不良の一人、マッセが口を開いた。

「村長は見回りしてるから……村のどこで見かけても怪しくねえし。ノレムの家の前にいても、不思議じゃねえ」

「……嘘だ………」

でたらめでも、バンゾさんが悪いなんて聞きたくない。きっとこいつらが誤魔化しているんだ。そうだ。聞けばいい。すぐに答えてくれる。そんな事なんかしていないって。しかし、俺の心とは裏腹に、屋敷に向かう足取りは重かった。

第四話

気がつけば、すでに屋敷へと到着していた。のろのろと歩いたつもりが、足が速くなったせいであっという間だった。一呼吸して扉を叩くが、反応が無い。珍しく扉が施錠されている。

「……」

俺は二階のテラスから入る事にした。石造りの壁は、好奇心がある子供にとって格好の遊び場だ。幼いころはバンゾさんや給仕さんに隠れながらここを登ったりしていた。

「懐かしいな……」

思い切って飛んでみた。大人三人分はある石壁を軽々と越えてテラスに到着した。思わず後ろを振り返る。自身の変化に、初めて恐怖を感じた。

「これもう、人間じゃないな……」

隅にあるテラスの窓を見た。いつも通り開いている。この窓は硬くて、閉めるのも開けるのも一苦労だから年中開きっぱなしだった。ここから入り、屋敷の廊下へ出ると、俺はバンゾさんの部屋に向かって歩き出した。その途中、廊下の隅にある黒いシミに注目した。フェミルと俺がインク瓶をぶちまけてしまった跡だ。給仕さんに怒られて、必死に掃除したがインクがなかなか落ちなかった事を思い出した。

「……どうして……」

バンゾさんの書斎の扉をノックする。返事は無い。俺はためらいながらも、ドアノブを捻《ひね》った。カチャリと軽い音を鳴らし、ドアが開いた。窓際にある、誰もいない椅子が妙に不吉に感じた。書斎へ勝手に入るのは給仕さんに禁じられていたけど、当のバンゾさんは笑顔でいつも迎えてくれた。

俺は次々に部屋を開けた。バンゾさんの寝室、客間、フェミルの部屋は……開けなかった。これ以上は無理だった。この屋敷は、俺とフェミルとバンゾさんの思い出に溢れている。こんな気持ちで思い出すなんて考えもしなかった。

「ノレムぼっちゃん？」

後ろを振り返ると、恰幅のいい給仕さんがたくさんの野菜を抱えていた。普段と違う俺の様子を察したのか、にこりと笑った。……ああ。これもだ。小さい時に俺が悩んでいたり問題を抱えていると、普段は怒ってばっかりの給仕さんが優しい顔で接してくれた。

「バンゾさんは……？」

「旦那様《だんなさま》かい？　スキル鑑定士さんのとこに行ったみたいだよ。何しにいったのかは解らないけど、フェミルお嬢様が様子を見に行くから、あたしはここで留守番してくれって頼まれてね」

「スキル鑑定士……？　何で？」

「さあてねえ。野菜泥棒でもとっ捕まえたんなら、鑑定士様に突き出して王兵でも呼んでもらうとこだがねえ」

給仕さんの言葉に嫌な予感がして、俺はすぐに屋敷を後にした。ここから村民館まで大した距離じゃない。すぐに着く！　風のように動く自分の足が、遅く感じる。何をする気なんだ？　バンゾさん……！

※※※

村民館の周りは人だかりができていた。それがいかにも悪いように思えて、心臓が弾けそうになった。俺は中心に向かって人だかりを勢いよく飛び越した。そこにはスキル鑑定士とバンゾさん。それにフェミルが不安そうな顔で立っていた。

「ノ、ノレム!?」

フェミルや村人がざわざわと驚く中、まるで死んだかのような目をしているバンゾさんはぴくりとも動かなかった。

「バンゾさん……何を……しようとしているんですか……？」

バンゾさんは、その言葉を聞いて、ようやく目をはっきりと開いて俺を見た。ほんの少し笑うかのような表情を見せて、鑑定士に向き直り両手を差し出した。

「火事の犯人は、私です」

その場にいた全員が、耳を疑った。

「みんな、すまなかった。ここにいる人全員が、私の告白の証人だ」

バンゾさんの罪の告白に、村人たちはざわめいた。

「い、いやいや！　村長！　何を言ってんだ？　嘘だろ？」

「あれまあ、村長。……酔ってるのかしら？」

「いやァ、参ったな。村長もそろそろモウロクしてきたのかい？」

皆が口々に否定する。当たり前だ。ずっと村の為に頑張ってきた人が、こんな事をするはずがない。

「バンゾさん、何でそんな嘘をつくんですか⁉」

俺の言葉に、バンゾさんは反応しない。

「鑑定士様。私に裁きをお与えください」

「待ってってば！　違うだろ！　バンゾさん！　あ、そ、そうか！　誰かに脅《おど》されているんですね⁉　ふ、不良どもとか！　あとは……ええっと……」

鑑定士が右手をバンゾさんにかざした。指輪が青色に光る。

「……村長の言っている事は、真実です」

鑑定士の無慈悲な言葉が突き刺さる。

「お、叔父さん……!?」

「フェミル……すまない。私は、育ての親失格だ」


「嘘だって!!」


俺の大声が、空気を揺らした。周りの村人も俺の異変を察知したのか、静かになった。

「バンゾさん……どうして？　……俺……おれ……」

バンゾさんはようやく俺の方へ体を向き直し、近づいてきた。その目は、一切の光も無い闇だ。動揺していると、おもむろに懐から布に包まれた物を取り出し、俺に手渡した。

「十年前になる」

「……え？」

「雨の強い日だった。あの日、一組の男女が村に訪れた。着の身着のままと言った感じだった。その男女は、一人の幼児を連れていた。それが……ノレムだ」

淡々と話すバンゾさんは、まるで魂の無い人形から声が発せられているようだった。

「ノレムが成人を迎えたら、渡してほしいと頼まれ、これを預かった。中身は……父親からの手紙だそうだ」

その言葉に、心臓が一瞬だけ脈打った。

「王都へ向かいたいと申し出ていたが、異常に怯えていたので私の妻と息子が同行した。王都は妻の故郷でもあるし、ちょうどいいかと思った。……しかし。その道中、夜盗に襲われて……全員死んだ」

バンゾさんの言葉に、俺は立ち尽くす以外、何もできなかった。

「その日から、私は失くした息子の分まで愛そうと思った。しかし、どうしてもある考えが頭にこびりつく。あの時に妻と息子を王都へ送り出さなければ生きていたのでは、と。あの雨の日、ノレムさえ来なければ、妻と息子は幸せに暮らしていたのでは、と」

バンゾさんの目は、変わらず死んだかのように生気を感じない。

「叔父さんどうして！　ノレムは悪くないよ！」

フェミルは目に涙をためて、泣き崩れそうになりながらも叫んだ。

「ああ。ノレムが悪い訳ではない。それは解っている。だが、どうしても。どうしても……割り切れなかった。日々成長していくノレムと、亡き息子を重ねてしまう。そうしていつも考える。どうして息子は死に、ノレムは生きているのだと。激情に飲まれそうになるたびに。すまないノレム。……嫌がらせも、私がやった」

「……それで火を……点けたって言うんですか……？」

俺の言葉に、バンゾさんの顔が初めて苦しそうに歪んだ。

「成人の儀の、あの日。ノレムに言われたんだ。本当の父親だと思っていると。私はあの時……嬉しく思ってしまった。もういない我が子より、血のつながりの無い、生きている他人の子を優先してしまった。その事実に、気が狂いそうになった……あとは、気がつけば……」

「叔父……さん……」

「すぐにノレムを探したが、何度呼び掛けても家から出てこなかった。いよいよ中へ入ろうとした時に……ノレムの無事を確認して、心の底から感謝し、自分のした事を後悔した。これが……私の告白の全てだ」

バンゾさんは鑑定士に向き直り、両手を出す。

「……そ、それなら……お、俺が、悪いんです。バンゾさんは、俺のせいで……」

バンゾさんは大きくため息をついた。

「一つだけ、明確にしたい。私の声は、失き息子に届かない。しかし、ノレムには成人を祝う親の声が届く。その事実が、十年私を蝕んだ。それが……憎い」

バンゾさんが少しだけ俺を見て、涙を流した。

「悪は、私なんだよ」

「う……ぐうう……ああああああああああああああ！」

俺は地面を渾身の力で殴りつけた。土の道はひび割れ、轟音が響く。すぐに俺はその場から離れた。後ろから聞こえるフェミルの呼びかけも無視して走った。

※※※

炭の塊と化した我が家に戻り、土台があった地面を力いっぱい殴りつける。何度も何度も何度も何度も。何度目かの拳の後で、急に辺りが真っ暗になったと感じた。しかしそれは、俺の拳で大地に深い穴ができた事によるものだった。今の俺はさながら井戸の底にいるかのようだ。

「ノレムさん」

上から澄んだ声がした。この声は、聞いた覚えがある。

「……鑑定士さん」

「手紙を落としました」

夕日が鑑定士さんを照らしたせいで、俺からはその輪郭しか見えなかった。

「いらないです。そんなもの」

「そうですか。では、私が貰います。所有権は私にありますので、さっそく開封します」

鑑定士さんの意外な言葉に俺は焦り、慌てて這い出して手紙を奪った。

「なっ！　何をしているんですか⁉」

「泥棒」

「ど⁉　いや、誰が！　何なんですか！　あなたは！」

「今、開封しないのなら、泥棒として王兵に引き渡しますよ」

な、なんだこいつ……⁉

「どろぼー」

「わ！　わかりました！　開けますよ！」

俺は手紙を開けようとして、そういえば最初は布にくるまれた箱だった事を思い出した。

まさかこの人、勝手に手紙を取り出したのか？　なんて人だ……。

手紙は確かに古かったが、日焼けや湿気も無く、綺麗だった。こんなにいい状態で保管してくれていたなんて。

「バンゾさん……」

慎重に封を切り、手紙を読む。鑑定士さんも隣に来て覗《のぞ》き込んできた。もはや止めまい。

『よう、ノレムリア。俺はお前の親父だ。あ、今はノレムか。走り書きだから思いついた順に書いてる。許せよ。何せ時間がねえ。簡単に伝えるぜ。お前には四人の兄妹がいる。長男アル、次男ダリア、お前の双子の兄エルドに、妹のマリアだ。そいつらを探して、仲良く家族団らんで過ごしてくれ。それじゃ。追伸・俺はもう死んでるだろーから探さなくていいぞ。風邪ひくなよ。親父より』

何というか……ただの覚え書きのような手紙だった。これが父親の手紙か……？　しかし、俺に兄妹がいるだって？

「遺書のように見えます」

「ああ……確かに」

「兄妹を探しますか？」

「え……いや、いきなりなので何とも……」

「私の従者になれば、家族を探しながらお金を稼げますよ。お得ですね」

なんだこいつ？　この人と話していると、ちょっと前までの深刻な問題が霞んでくるようだ。

「今晩あのような事があった訳ですし、行く宛ても無いのでは？　従者になれば、私の宿泊施設も利用できますが」

「う……」

ご神木まで戻ってやり過ごすのも考えたが、バンゾさんの処遇が気になった。本当に王兵を呼ぶ気なのだろうか？　もしそうなら……止めたい。

「……解りました。とりあえず、従者になります」

「契約成立ですね」

そう言うと、鑑定士は黒いトンガリ帽子を脱ぎ、顔を晒《さら》した。サラリと銀髪が広がり、緑色の目で俺を見つめてきた。一見するだけで整った顔だと解る。よく見ると耳がとがっていた。……エルフ族⁉

「初めまして。私はヨナ・アキュラム。これから私の従者として成長してください。ちなみに、契約違反は死です」

「あ、ああ。初めまして。ノレム・ゴーシュ……ん？　死⁉」

「それでは、戻りましょう」

さらりと衝撃的な言葉を聞いた。俺はこれからどうなるんだ？

第五話

ヨナと名乗る鑑定士の後に続き、村民館へ入った。いつ見てもボロい作りだ。こんな所にわざわざ外から来た人を泊めるのは逆に失礼なのでは？　と思って、村の者としてヨナさんに謝ろうかと振り返ると、服を脱ぎ掛けている姿を見てしまった。下着も丸見えで、豊満な

胸をこれでもかと揺らしていた。

「え。あ⁉　うわあああ⁉　す、すみません⁉」

「何がですか？」

「い、いやいや！　着替えを覗くつもりは無かったんです！　つ、捕まりますか⁉　俺⁉」

「……あ……。そうか。キミは私を性欲対象と見たのか。なるほど」

「⁉　は、はあ⁉」

「ああ、ごめんなさい。こちらの話です」

そう言うと、ヨナさんは手早く着替えているようで、衣擦れの音だけが部屋に響く。何だよこの人⁉

「もういいですよ」

恐る恐る振り返ると、エプロンと三角巾を頭に結わえたヨナさんが座っていた。もう、意味が解らない。これからご飯でも作ろうとでも言うのか？

「まずは、腹ごしらえといきましょう」

本当にご飯作りが始まった。手早く羊の乳のスープを作り、振る舞ってくれた。

「う、うまっ……すぎる……！」

そう言えば、ここ数日まともに食事を摂っていなかった。野菜と肉が入っているスープなんて、年に数回しか食べる事ができない。じっくりと味わう事ができない空きっ腹で食べるには勿体なかったが、ついガッついてしまった。

「まだあります」

エルフ自体をほとんど見た事が無いのに、エプロンをつけたエルフなんて嘘みたいだ。エルフは戦闘に特化した種族で、静かな強者というのが俺の抱いていた想像だった。しかし、目の前のエルフは何というか、若奥さんのような感じしかしなかった。自分の中のズレに混乱しつつ、おかわりをして、それを平らげた。

「ごちそうさまでした。本当に美味しかったです」

「そうですか」

無表情だが、少し顔が赤い。さすがに照れているらしい。何だかますます若奥さんのようだ。

「では、貴方のスキルを調べさせて頂きます」

「え？　あ、はい。……って、言っても。俺も良く解らないんですけど。お布団ってしか……」

俺の言葉に反応したのか、目の前に光に包まれた純白のお布団が現れた。

「……」

ヨナさんは目を丸くしてお布団を見ている。しばらく固まっていたが、目をぱちくりさせて俺の方へ顔を向けた。

「ちょ、ちょっと、後ろを向いていてください」

「へ？　あ、はい……」

良く解らなかったが、言葉に従った。何をするんだろう？　後ろを振り向いて気が付いたが、ガラスにヨナさんが映っていた。あ。これ、良くないような。しばらく俺の方を見ていたが、呼吸を整えると突然、小さくちまちまと踊りだした。……え？

「……魔素をひと一つ取りまして……♪　悪い所は吹き飛びま一す……♪　エンシェント・キュアコート……♪」

ひとしきり小声で歌って踊ったヨナさんの体が青い光に包まれた。ゆっくりと光が消えた後に残ったのはヨナさんが、何というか愛らしい格好で固まった姿のみだった。俺は見てはいけないものを見てしまった罪悪感に囚われた。何も見なかった事にしようと決めた。

「ノレムさん。もう大丈夫です」

「あ、あっ。はいっ！」

二人でお布団に注目した。どこからどう見ても、布団だった。ヨナさんは恐る恐る触ったり、撫でたり、匂いを嗅《か》いだり、手の平くらいの杖でつついたり色々としていた。しかし、思い切って布団に潜った。その瞬間。

「あはあああぁぁん……」

とてつもなく色っぽい声を出して、即座に眠りに落ちた。俺はその声に恥ずかしくなりつい周囲を見渡す。何だか、村民館に入ってから俺が俺じゃないみたいだ。この人は他人の日常をぐらつかせるような何かを持っているんじゃないか？　それも天然で。

どのくらい時間が経ったのか。ヨナさんの寝息だけが部屋に響いていた。俺はどうしていいか解らずその場で待機していた。銀髪の美女が布団で寝ている横で、俺がぼうっとしている姿はまず間違いなく誤解を生むだろう。フェミルに見られた日なんかには、どうなってしまうのか？　怖すぎる。早く起きてほしい。

※※※

しかし、俺の願いと裏腹に四、五時間後にようやく起きた。

「……白い世界に、お布団がいました」

「あ、はい。俺も会いました」

俺の言葉に、寝起きでぼさぼさ頭のヨナさんは深呼吸して腕を組んだ。ただでさえ豊満な胸だというのに強調され、とんでもない事になっている。

「夢じゃないのか？　あれは異世界……？　いや、何か見落としているな。何か根源的なもののような……」

難しい事をぶつぶつ言い終えると、俺をまっすぐ見据えた。

「お布団ポイント5を貰いました。しかし、私には行使権限がないので、マスターであるノレムさんに付けると言っていました」

「え、ああ、どうも……」

ヨナさんはそう言うと鞄から水筒を取り出し、一気に飲み干して一息ついた。

「まったく、解らない」

「解らないですか……」

「このお布団、物体であり物体でない。しかし魔力も感じない。精霊でもない。しかも布団で寝ると、異世界に召喚されてお布団と名乗る何かと意思疎通が取れる。……こんなの、見た事も聞いた事も無いです。これじゃあ、まるで……」

そこまで言うと、言葉をつぐんだ。続きを聞くために無言でいると、観念したのか口を開く。

「……女神の奇跡だとしか思えません」

「奇跡……つまり、理解を越えているって訳ですか？」

「はい。悔しいですが」

万物の定義を決める鑑定士であるヨナさんでも解らないとは。一体、俺のスキルは何なんだ？　とりあえず今日の所はこれくらいにして、就寝する事になった。ヨナさんは一緒の部屋で寝ていいと言ってくれたが、さすがに二人きりは気まずくてご神木まで戻る事にした。

夜も更《ふ》けたおかげか、誰にも会わずに辿《たど》り着く事ができた。しかし、バンゾさんの処遇を聞きそびれたな……。

「はあ。ようやく落ち着いた」

一人、ご神木の前で横になる。満天の星空がもうすぐ夏が来ることを予感させていた。何度見ても星空は飽きない。ずっと見ていたい。しかし、瞬きをした後の世界が白かった。

『睡眠学習LV1を開始します』

※※※

俺の願いも空しく、あっさりと眠ってしまったようだ。それにしても白い世界だな。上には青い球。そして気が付かなかったが、地面の下の遥か遠くに同じような青い球があった。良く解らないが、地面が透けて見える。上の球と同じくらい綺麗だ。

『マスター。お帰りなさいませ』

え。ああ……お布団。た、ただいま……。まだこの世界に慣れない。不思議すぎる。

『妙な女が入ってきました』

ん？　あ、ヨナさんか？　そういえばお布団に会ったって言ってたな。

『次からはご遠慮願いたいと思います』

え……そ、そうか。何だか冷たいな。

『お布団は、マスターだけのお布団です』

そっか。……まあ、意味は良く解らないけど。

『お布団ポイントはあの女の分を合わせて16になりました。ご利用いたしますか？』

えーと。お勧めとかあるかな。

『お布団イチオシは、未来のビジョンを体験できる夢枕です』

未来なあ。うーん。それも凄く魅力的なんだけど、あのスキルが気になるんだ。丁度同じ10ポイントで獲得できるし。ヨナさんと二人で来れるんじゃないかなって。

『しーん』

え？　あ、あの。お布団さん？

『……はい。そうですか。そのスキルを獲得するんですね。へー。そうなんですね。マスターはそういう人なんですね。お布団はじーっと見ます』

ええ……？　い、いや、でも、調べるためで下心は無いと言うか……。

『……ありがとうございました。お布団ポイントは6でーす。またのお越しをお待ちしていまーす』

いつも通りのチーンという音と共に、大量の掛布団の雪崩《なだれ》が俺を巻き込んでいった。

※※※

「うわわ！」

現実世界に戻ったようだ。お布団で眠ると爽快で頭も冴えるような気がするけど、最後のアレは何なんだろう？

『お布団召喚ＬＶ１を規定以上使用した事でＬＶが２になりました。それに伴い、各能力が一部ＬＶアップしました。全能力上昇、全能力補助がＬＶ２になりました。完全回復ＬＶ１、免疫補助ＬＶ１が発動しました。睡眠学習の効果でＬＶが12から20にアップしました。お布団召喚のＬＶが上がったため、ボーナスを獲得しました。マスターのＬＶが20から23にアップしました。八時間の睡眠で、お布団ポイント８を獲得しました。合計14ポイントです』

大量の文字に頭が追いつかない。しかしそんな事より、目の前にフェミルの顔があった事に驚いた。

「ノレム！　ノレム⁉　大丈夫⁉」

俺の体を揺するフェミルの目に涙が浮かんでいた。

「あ、だ、大丈夫！　おはよう！」

俺の言葉に安心したのか、ようやく体を揺するのを止めてくれた。

「ノレム……昨日は………ごめん……なさい……」

「いや、フェミルが謝る事じゃないし！　それに、あれは……誰も悪くないよ」

そう言いながら、俺のせいでバンゾさんの妻と息子が死んでしまったのではないかと、今更ながら思い返していた。結局、何が良くて何が悪いのか解らなかったが、何にせよ、俺はこれ以上、この村にいられない事だけは解っていた。俺がこの村にいる限り、バンゾさんを苦しめてしまう。

「……俺、鑑定士さんについていく事にするよ」

「え……!?」

「従者として、雇ってくれるらしいんだ。旅をしながら家族を探す事も許してくれた。だから……」

そこまで言って、言葉が詰まった。でも勘弁してくれ。喉の奥が苦しすぎる。俺だって、この村に留まって……フェミルと一緒に過ごせたらどれだけいいか。でも、もう無理だ。

「ここでお別れだな」

「…………」

フェミルの顔を見られなかった。どんな顔をしているんだろう。意外と平気だったりしてな。……そっちの方が、正直有難い。

「お布団」

俺の言葉に即座に反応して布団が光の粒となって消えた。

「えっ……!?」

「これが俺のスキルらしい。まあ、これ使って生きてみるよ。せっかく授かった才能だしな。使いこなしてみるさ」

その言葉に、フェミルの顔が一瞬だけ険しくなった。

「……じゃあ、な」

俺の言葉に何も反応せず、立ち尽くすフェミルを残して、俺はヨナさんの元へ向かった。

第六話

村民館へ戻ると、黒いトンガリ帽子とヴェールで顔を隠したヨナさんが、荷物の中身を確認していた。ずいぶんな量だ。馬でも使わないと運べそうにない。

「おはようございます」

「はい、おはようございます」

昨日と同じように、無感情で返してくれた。いや、昨日のご飯の時の事を考えると、解りづらいだけで感情はちゃんと表に出ているんだろうな。

「準備にまだ時間がかかります。ノレムさんの用事を先に済ませてください」

「そうですか。……じゃあ、ちょっと行ってきます」

俺はフェミルの屋敷へ向かった。玄関に着いたが、中には入らなかった。二階の左隅の窓を見上げる。そこはバンゾさんの書斎だった。正直、この件については頭がぐしゃぐしゃで、まだ結論が出ていない。……しかし。

「俺は！　それでも！　バンゾさんを……父親だと思っています……」

ＬＶが上がった俺の声は、怒声なら空気が震えるほどの声量を出すことができるのに、今の俺には、書斎に届くか届かないか解らない大きさの声をを絞り出すのがやっとだった。頭を下げて、そのままヨナさんの元に戻った。村の皆にも挨拶をしたかったが、合わせる顔が無い。地面を殴りつけたり、怒鳴ったり。あんな姿をさらしてしまったし、バンゾさんが皆にどれだけ好かれているか解っているから。

「お待たせしました」

「はい。では、行きます」

これから村を出る。物心ついた時からアロイス村で過ごした俺にとって、外の世界は初めてだ。皆に歓迎されて出るならともかく、逃げ去るような出発は良いものとは言えないけど、それでも俺は暗い気持ちより、晴れやかな気持ちが勝っていた。唯一の心残りが無ければ、だけど。

「フェミル……さよなら」

※※※

ヨナさんの大荷物を持とうとしたが、断られた。魔法で軽くしてあるそうだ。魔法って便利だな……。しかし、会話のきっかけでもと思ってとった行動がさっそく失敗してしまった。早くバンゾさんの処遇について聞きたいのに……いきなり本題を話しても大丈夫だろうか？

「あの……バンゾさん……についてですけど……」

「ええ。王兵へ引き渡し、処罰します」

「え!?　い、いや！　困ります！　止めてください！」

「はい。解りました。止めます」

「……は？」

すたすたと歩くヨナさんの背中を慌てて追った。

「え、あの。本当ですか？　大丈夫なんですか？」

「しっかりとした集落なら、周りが処罰をするでしょう。外部が事情も解らず判断するより、内部の判断にお任せします」

「そ……そうですか……」

村の皆の判断になるのか。なら、きっと大丈夫だ。バンゾさんの事は、俺よりも皆が知っている。もう見えないアロイス村を振り返り、どうか良い結果になりますようにと願った。

肩の荷が下りたのか、そう言えばどこに行くのかも聞いていなかった事に気がついた。

「ヨナさん。どこに向かうんですか？」

「まずは、交易所へ向かいます。そこでノレムさんはギルドに加入してもらいます」

「ギルド……ああ！　協会ですよね？　話には聞いた事があります。そうかあ。俺、冒険者ギルドに入るのかあ……」

こんな田舎村には縁のない話だが、世間は複数の協会によって支え合って存続している。冒険者ギルドが鉱石や素材を取得し、生産者ギルドがそれを買い取り加工し、商人ギルドが売買し、大衆がそれを手にする。そういう流れで人の世界が成り立っている。冒険譚の中でしか知らない世界に入門したのかと思うと、さすがに胸が少し高鳴った。いや、いかんいかん。成人したって言うのに、子供のようにはしゃぐのはみっともない。

「いえ、入るのは英雄ギルドです」

ヨナさんの返答に、夢見心地だった俺は我に返った。

「え？　えいゆう……ギルド？」

「はい。私たちのギルドです。詳しい事はその時に」

英雄ギルド？　聞いた事が無い。何だろう？　英雄たちがいるギルド？　何だそれは。

そんな事を話しながら俺達は日暮れまで歩いた。

※※※

道から少し離れた場所でヨナさんが手際よく野営の準備をして、夕食を作ってくれた。特製の干し肉をだし汁で戻した炒め物や、新鮮な野菜を味わった事の無いソースで食べたが、どれも絶品だった。

「もしかして、料理人の経験とかあったりします？」

「……お世辞でも、ありがとうございます」

普段は無表情で無感情のヨナさんだが、料理を褒《ほ》めると途端に赤くなる。照らされた炎のせいもあるだろうか。妙に色っぽいと言うか、大人の色気と言うのか。そんな事を思っていると背筋に急な寒気を覚えて、後ろを振り向いた。

「ノレムさん？」

「あ、いや……何でもないです」

焚き火の光が届かない藪《やぶ》から音が聞こえた気がしたけど、気のせいだろう。夜も更け、先に寝ていいと言われ、お布団で寝た。

※※※

爽やかな朝を迎えた後、うつらうつらしているヨナさんを見て、寝ずの番をしてくれていた事に気がついて、衝撃を覚えた。確かに野宿は見張り番が必要か。まるで気が付かなかった。次は俺がしよう。

そう言えば、お布団スキルもいくつか追加されていた。虫よけＬＶ１と安眠ＬＶ１だ。ヨナさんが鑑定してくれたところ、虫よけはそのままの意味だったが、安眠は注目に値するものだった。

『安眠ＬＶ１お布団で寝ると、外敵から睡眠を妨害されにくくなります』

これは、魔術結界と同じ効果なのではとヨナさんが言っていた。ポイントは50だったので、優先して取ってみよう。今は22なので、あと数日かな。聖域ＬＶ１も気になるけど、時間が止まるってどういう意味なんだろう？訳が解らないので保留中だ。

「この山を越えると、交易所に着きます」

アロイス村を出て三日、ようやく人里に着ける。いつも通り山道を歩いていると、ヨナさんの足が止まった。

「どうしました？」

「不穏な魔素を探知しました。魔物が現れたようです」

「魔物!?」

キョロキョロと辺りを見渡す。しかし、風で草木が揺れているのか、何がいるのか解らない。

「あ、あの、俺、魔物とか……今まで一度も見た事が無いんですけど……」

「来ますよ」

心臓が高鳴ってきた。お布団スキルのおかげでＬＶが格段に上がったとは言え、俺は戦闘はおろか、不良たちとのお粗末な喧嘩くらいしか経験がない。周りの草が激しく動き、何かがこちらへ近づいてきているのが明確に解る。そいつらは低く唸りながらとうとう姿を現した。

「スプリングウルフ……」

ヨナさんがそう呼ぶ狼は、信じられないくらいに大きかった。四つん這いの状態ですでに俺より大きい。それが何匹もいる。ああ、俺、ここで死ぬんだと悟ってしまった。

「ノレムさん。戦ってください」

「え⁉　む、無理です！　こ、こんな大きい……」

そう言いかけてヨナさんを見ると、スプリングウルフの牙が今にもヨナさんに届きそうだった。弾けたように俺はヨナさんの方へ高速で移動し、無我夢中で殴りつけた。俺の拳が顔に当たると、スプリングウルフは木に叩きつけられ、その木ごと後ろに吹っ飛んでいった。

「……？　は、はあ……⁉」

自分が起こした行動に頭がついていけず呆然としていると、周りのスプリングウルフが一斉に飛び掛かってきた。俺は右腕、左肩、両足、他にも様々な部分を噛《か》まれたが、まるで痛みを感じない。くすぐったい子犬の甘噛みのようだ。

「ど、どけよっ！」

上半身を捻ったただけで、スプリングウルフの数体が木に叩きつけられた。足を噛んでいるヤツに拳を振り下ろすと、ごちゃり、という嫌な音を響かせて頭が割れた。思わず体を引く。

「何という……強さ……」

ヨナさんが俺を見て唖然としていた。その後ろで、スプリングウルフが体勢を低くして今にも襲い掛かりそうだった。危ない！　間に合うか⁉

「魔法炭酸水弾《スプラッシュソーダ》」

ヨナさんが綺麗に響く声でそう言うと、スプリングウルフの体にいくつもの穴ができ、そこからシュワアという音が響いた。なんだこれ？　魔法？　緊急事態の連続に、俺は特に疲れてもいないのに息が絶え絶えだった。そんな中、一匹だけ残ったスプリングウルフが逃げていく。

「手負いを残すのは不味いです。誰かが襲われてからでは遅いですから、殲滅を……」

ヨナさんがそう言い終える前に、悲鳴が響いた。その声が、あまりにも知っている人に似ていた。全身から嫌な汗が吹き出し、いてもたってもいられず声の方向へ向かって走った。

そこには……。

「フェミル……⁉」

背中越しに倒れている、栗毛の女の子がいた。確認したくない恐怖より、助けたい気持ちが勝って肩を掴もうとしたが、無い。フェミルの左肩から下は何も無くなっていた。その現実に頭がおかしくなりそうだった。遅れて、ヨナさんが走ってきた。

「ヨ、ヨナさん！　フェミルが！　腕がっ‼」

「……回復します。しかし、私は再生の魔法を知りません。このまま回復させます」

「え？　この、まま？」

「命を失うよりは良い判断かと」

そう言うと、手のひらの大きさの杖を振るい、何かブツブツ唱え始めた。ちょ、ちょっと待って⁉　このまま？　このままって、え？　腕が、無いまま？　そ、そんなの駄目だ！

何でフェミルがそんな事に！

「何か方法が無いんですか⁉」

「女神の奇跡でも期待しますか？」

俺の言葉に少し顔を引きつらせ、回復魔法の準備を再開した。ヨナさんも辛そうだ。女神の奇跡だって？　そんなものがあれば……。

「あ！」

あるじゃないか。そんな奇跡が！

「お布団！」

俺の声で、純白の四角形が地面に現れた。

「な……何をする気ですか？」

「寝かせます！」

「それは……無意味です。これで寝ても、完全回復するのはノレムさんだけです！」

「いや……大丈夫！」

俺はフェミルを担いだまま、お布団に滑り込んだ。

「ふはああああぁぁぁ」

「あはあああああぁぁあ」

極限状態だと言うのに、俺とフェミルは歓喜の声を上げて一瞬にして眠りに落ちた。

『睡眠学習ＬＶ１を開始します』

※※※

『マスターおかえりなさい』

いつもの白い空間に戻ってきた。辺りを見渡すと、そこにフェミルがいた。

「ノレム……？」

フェミルが事態を理解できずにいたが、その左肩は元に戻っていた。

「フェミル！　何で！　あんな所にいたんだよ！　何であんなっ……！」

「え……ご、ごめん」

フェミルのえくぼができる苦笑いが、俺を安心させた。とりあえず、フェミルは置いておく。用があるのはあっちの方だ。お布団！　どうせ俺が思っている事も解っているんだろう⁉　フェミルは治ったのか⁉

『はい』

そう言ってくれたが、俺は半信半疑だった。頼みの綱は俺が夢枕の代わりに獲得したスキル。添い寝LV1。お布団で寝ると、相手もお布団の効果が得られる。……これならフェミルは完全回復するはず！　頼む。起きたら、元に戻ってくれ……！

閑話休題二　ヨナの想い

「ふはあああああぁぁぁ」

「あはああああああぁぁぁ」

二人の男女は吐息を漏らすと、間もなく眠りに落ちた。山の中で地べたに布団を敷いて寝る男女の姿は異常の一言だろう。その光景に飲まれていたが、私はすぐに少女を確認するために動いた。布団をめくっていいものか一瞬悩んだが、もし治りそうもないなら私が治療するしかない。意を決して布団の中を覗く。

「……！」

少女の肩が再生されていく。さっきまで左肩から下が無くなっていたというのに、今は上腕骨まで戻っている。二人が幸せそうな寝息をたてるまで一分とかからなかったはずなのに、この再生力。目を離している間に、少女の腕は尺骨まで再生していた。

「信じられない……」

人体を再生させる術はいくつか知っている。しかし、そのどれもが禁術で、使ったら正気を失うか、魔物のような姿へ変貌する恐ろしい魔術だ。しかし、目の前で起こっている現象に比べたら、そんな禁術は子供の遊びにしかならない。これは常軌を逸している。魔法の常識でさえ軽く超えている。

「……お布団」

鑑定では、お布団で寝ると完全回復するという記述があった。体力と魔力を完全に回復させるものだと思ったが、違うのだろうか？　再生なんていう記述はどこにもなかった。欠損した腕が戻る事を完全回復だと言うのなら、このスキルはとてつもない可能性を秘めている。完全に再生された少女の腕を取り、調べた。どこから見ても、普通の腕だ。魔力で形作られたものではない。傷の跡も無い。まるで時間が巻き戻っているかのようだった。目の前の光景に、私は一つの思いに支配されていた。

「……女神の奇跡……」

こんな事を師匠に言ったら怒られるだろうか。呆れられるだろうか。しかし、そうとしか思えない。奇跡でなければ目の前のこれは何だと言うのだ？　それにこの少女も妙だ。明らかにただの村人だと言うのに、不釣り合いなスキルを有していた。どういう事だろうか？　こんな状況は見た事が無い。……いや、一人だけ思い当たる人物がいる。ナ・カハールだ。

彼のスキルを鑑定した時も感じた。女神の奇跡だと。しかし、ノレムは別格だ。村にいた時から可能性を感じて彼を従者に誘ったが、ここまでのものだとは思っていなかった。従者に誘ったのも、彼が成長してくれれば、あの迷宮を攻略するのに足るかもしれないと思っての事だった。

「キミは……何者なんだ……？」

愛らしい顔で眠る人間の幼子、ノレム。その純粋無垢な表情に思わず頭を撫でた。黒い髪は柔らかく、私の指が滑るほどなめらかだった。……私はとんでもない拾い物をしたのか？それとも……。

「……どちらにせよ、君に成長してもらわないとならない」

あの迷宮を攻略するには、協力が必要だ。それもとびきり強い者でなければならない。

『人間には無理だ』

師匠の最後の言葉を思い出す。理路整然と話す師匠が、こんな抽象的な遺言を残すなんて信じられなかった。今際の言葉だったのか、それとも……よほどの難題か。

「成長して、人間以上に」

私はノレムの顔を見ながら、子供を利用しようとしている自分の卑劣さと、己の力の無さを嘆いた。

第七話

『全能力上昇ＬＶ２が発動しました。全能力補助ＬＶ２が発動しました。完全回復ＬＶ１が発動しました。免疫補助ＬＶ１が発動しました。睡眠学習の効果でＬＶが23から25に上がりました。添い寝で相手を夢世界に招待したため、ボーナスを得ました。ＬＶが25から33に上がりました。睡眠学習を規定回数以上使用した事で、ＬＶ２になりました。八時間の睡眠でお布団ポイント８と、少女のポイントを合算しました。合計40ポイントです』

起きてすぐ目の前には文字の嵐。しかし内容なんかに構っていられない。俺はフェミルを見た。左肩から下が……ある。元に戻っている！　震える手で触って確認し、心の底から安堵した。

「ん……」

後ろの声に振り向くと、よろけたヨナさんが眠たそうな目で俺を見ていた。その手にある杖が発光している。辺りをよく見渡すと、すっかり日が落ちていた。

「え……？　い、今、夜……ですか？」

「はい」

俺は目の間に浮かんだ文字を思い返した。確か、八時間の睡眠と書いていた。フェミルと添い寝をして八時間も経ったのか⁉

「すみません。野営の準備をする暇《ひま》がありませんでした。魔物の襲来に備えて結界を張るのが精いっぱいで」

「え……⁉」

よく見れば、俺達とヨナさんを取り囲むように、かすかに反射する透明な何かが覆いかぶさっていた。俺達をずっと守ってくれたらしい。申し訳ない気持ちになると同時に、ある事を思い出した。

「ヨナさん、大丈夫ですか⁉　昨日から寝ていないんじゃ⁉」

「ええ。まあ、大丈夫です」

その声に力は無かった。何てことだ。フェミルを救う事ばかり考えて、結果ヨナさんに迷惑をかける事になるなんて！

「すみません。今から見張り番を代わります」

「いいえ。だいじょう……」

その声をかき消すように言い放った。

「寝てください。俺は従者なんですよね？　なら、主の体調を守るのも勤めのはず。俺の仕事をさせて下さい！」

こんな屁理屈しか言えない自分が情けないが、とにかくヨナさんには休んでほしかった。

「……解りました。それでは、後は宜しくお願いします」

そう言うと、フェミルの隣に潜り込んだ。すぐに聞こえる寝息に、限界だったのだろうと感じた。寝ずの番をやった事は無いが、一日二日の徹夜なんて余裕だろう。繁忙期の村の農作業は一カ月近く、毎日二時間睡眠だった事もある。俺はそのころに培《つちか》われた絶対の自信と、お布団のおかげで手に入れた力で構えた。そして太陽が昇るまで警戒した。しかし……。

※※※

「……おはようございます。ノレムさん」

「あ、おはよう……ございます……」

「大丈夫ですか？　目の下が黒いですよ」

「あ、ああ。全然平気ですよ。こんなの」

強がってはみたが、恐ろしい程疲れていた。ただ立っていただけだと言うのに。直前まで八時間寝たはずなのに、夜が明けるころには病気を患《わずら》ったかのように体が熱を帯び、意識が遠くなりかけていた。一体、どうしたんだ？

「ん……」

自身の変化に困惑している中、フェミルの口からようやく声が聞こえた。

何か慌てている。まさか、傷が治りきってないのか!?

「……え。え？　な、なにこれ？」

「フェミル！　大丈夫か!?」

「え？　ノ、ノレム……？　ん？　どうしたの？　目の下が真っ黒だよ？」

「い、いや、俺は大丈夫だから！　左肩は!?　痛いか!?　どうなんだ!?」

「えー……と、うん。別に大丈夫。何ともないけど」

と言いつつ、目線が空中の何かを追っていた。あ、まさか。

「文字が見えるのか？」

「え！……う、うん。完全回復……とか免疫補助とか……な、なにこれ？」

どうやらフェミルもお布団の恩恵に預かれたらしい。良かった。しかし、そんな事より。

「どうして、あんな所にいたんだ！」

俺の声にびくりと体を震わせて、下を向いた。

「俺達の後を付いてきたのか？　何でそんな事を……」

フェミルは顔を上げて何か言いたそうに口を開いたが、結局何も言わず下を向いた。

「村の外は危険だ。もしフェミルに何かあったら……俺は……」

そこまで言いかけて、顔を真っ赤にさせているフェミルを見て何も言えなくなった。俺の顔も、真っ赤だったんだろう。

「フェミルさん。貴方も私の従者になりますか？」

ヨナさんの突然の提案に驚いた。

「え⁉　ヨ、ヨナさん⁉」

「従者……？」

「はい。貴方のスキルなら、十分にその価値はあるかと」

ヨナさんの意外な言葉に耳を疑う。

「な、何を言っているんですか！　フェミルはただの女の子ですよ⁉」

そう言ってフェミルを見ると、気まずそうに下を向いていた。

「フェミルさんのスキルは、剣聖です」

「……けん、せい？」

「英雄に並ぶ戦闘特化のスキルです。世界に五人と確認されていないレアスキルですね」

剣聖？　戦闘特化？　フェミル……が？

名前　フェミル・アロイス　ＬＶ12
種族　人間　　　　栗毛／茶眼／やせ型
スキル　剣聖
剣術ＬＶ１　技能ＬＶ１　体術ＬＶ１　集中ＬＶ１　心眼ＬＶ１　神通力ＬＶ１

フェミルのスキルが読み上げられた。幼いころから感じていたフェミルの印象と真逆のスキルに、俺は混乱する。

「なんで……フェミルがそんなスキルを……」

「スキルは才能です。本人の望む、望まざるに関係ありません。生まれ持ったものですから」

改めてフェミルを見る。申し訳なさそうに、膝《ひざ》を抱えて下を見ていた。

「とは言え、異常としか言えませんが……」

「え？」

ヨナさんの呟きがよく聞こえなかった。聞き返しても首を振るだけで何も言ってくれない。

「どうしますか？　私の従者になれば、お金も支払いますよ」

「え……お金？」

フェミルがその言葉に反応したのは無理もない。一般女性は、お金を稼ぐことがほとんど不可能だからだ。金を稼ぐのは男の仕事で、家庭を守るのが女の仕事。それが常識だった。

しかしそれは、あくまで一般女性の話だ。もしも、女性で特殊なスキルがあるのなら……話は変わってくる。

「あなたのスキルは伸ばして損はありません。いえ、むしろこの世界の誰よりも名を馳せる可能性を秘めています」

「……」

「フェミル……」

目の前の小さな女の子の返答を想像する。「やっぱり、怖いです。ごめんなさい」そんな平和な想像だ。しかし、現実は違った。

「私でも、やれますか？」

その言葉に、俺は衝撃を受けた。なぜか少し傷ついた。

「ええ。全ては貴女次第ですよ」

「……」

一呼吸置いて、フェミルは立ち上がり真っすぐヨナさんを見つめる。

「お願いします」

「はい。よろしく」

二人のやり取りを、遥か遠くで見ているかのようだった。フェミルは俺の方へ向き直ると、申し訳なさそうにした。

「ノレム……付いていって、いい？」

村から黙って出てきたのか⁉　バンゾさんは知っているのか⁉　本当にそれでいいのか⁉　色々と疑問が浮かんだが、フェミルの人生はフェミルのものだ。俺がどうこう言う権利は無いはずだ。それに……こうしてまた一緒にいるのが嬉しくて、言葉を飲み込んでしまった。

「フェミルが……そう、したいなら……」

「ありがと。ノレム」

いつものえくぼを作って笑うフェミルに、胸が高鳴ってしまった。これからどうなるのか解らないけど、フェミルだけは何としても守る。そう誓った。

第八話

ヨナさんが作った朝食に、俺とフェミルは幸せの唸り声をあげた。絶品。それ以外の言葉が思いつかない。二人で褒めると、ヨナさんのとんがった耳が真っ赤になってしまった。俺に半裸を見られても気にしない人が、料理に関してはとても繊細だった。その光景に心が和んだ。しかし、気合を入れなくては。交易所に進む道すがら、外敵からフェミルを守らなければならない。もちろん、従者としてヨナさんも守る。喧嘩に全く自信は無いけど。それでもやってやる！　と、俺の心は燃えていた。……が。

「ノレムさん。大丈夫ですか？」

「具合悪いの？　休もうか？」

二人についていくのがやっとだった。大荷物を持っているのはヨナさんで、俺は自分の荷物だけしか持ってない。だと言うのに、とてつもない疲労感が俺を襲っていた。しかし、頭は妙に冴えている。かと思えば数分前の記憶が無い。とてつもなく、眠い。眠すぎる。

「無理は禁物です。野営をしましょう」

「い、いやいや。まだ昼前じゃないですか。ほら、空だってこんなに高い……」

そう言って見上げた空は、俺の知っている色では無かった。

「ぴんく……？」

「ノ、ノレム？　本当に大丈夫？」

ピンクの空を、青いイノシシが泳いでいた。周りからは鳥の鳴き声に交じって甲高い老人のような笑い声が聞こえる。大地が柔らかい。恐怖を感じて、俺は思い切り自分を殴った。

「ノレム!?」

「だ、大丈夫。俺は全然、大丈夫……」

「ノレムさん。無理をすると貴方だけでなく周りにも被害が生じ、その結果、全体に危険が及びます。無理は……」

「いやいやいや！　本当に大丈夫なんですよ！　はっはっは！」

強がって振り向くと、ヨナさんは半裸で俺を見ていた。潤んだ瞳と紅潮させた頬が何とも妖艶《ようえん》だ。

「……は？　え、ええ⁉　な、なんで⁉　いや、何て恰好をしてるんですか！」

慌てて反対を見ると、フェミルがその小さな体で目いっぱい背伸びをしていた。限界まで大事な所を隠したその姿は、女性経験の無い俺には刺激が強すぎた。ちょ！　ちょっと待て！　駄目だ！　フェミルのそういうのは駄目だ！　俺は両目を硬く閉じた。

「ノレム……？」

「だ、だ、だ、大丈夫！　俺はこのままついていく！　ごめん！」

幻だ！　こんなの現実じゃない！　訳が解らないが、俺に何か良くない事が起きている。何だ⁉　妙な魔法でも受けたのか⁉　食あたりか⁉　いや、あんなに美味しいのにそれは無い。考えられるのは俺のスキルだ。不味い事が起きているに違いない。凄まじい眠気と訳の分からない幻と戦いながら、何とか交易所へたどり着いた。

※※※

「わあぁ……す、すっごい人……」

フェミルが驚くのも無理はない。アロイス村からほとんど出なかった俺達にとって、目の前の光景は信じがたいものだった。人、人、人、人……村の総人口の何倍もの人が溢れ、赤茶けた建物の間を縫うように、露店が密集している所へ消えていく。

「それでは、ギルドへ向かいましょう」

ヨナさんがトンガリ帽子と黒いヴェールを身に着けて、中へ歩いていく。俺とフェミルはヨナさんを見失わないよう、必死についていった。あまりの驚きに忘れていたが、眠気が徐々に復活して足もおぼつかなくはなくなってきた。その時……。

「ッ……！」

ヨナさんが男と派手にぶつかった。ケガは無いようだが、男の様子がおかしい。大げさに謝っている。それに俺は違和感を覚えた。というか、イライラした。何だか妙にあの男が憎い。敵にしか見えない。あんなに必死に謝っているというのに。……あいつは俺の敵じゃないか？　殴るか？　そうするか？

「……!?」

ちょ、ちょっと待て。俺は今何を思った？　しっかりしろ！　正気を取り戻すために両手で自分の頬を引っ叩いた。じんじんする頬のおかげで少しは眠気が紛れる。前を向くと、謝っている男とヨナさんと、その後ろにいる男の行動に注目した。お布団スキルでＬＶが上がったおかげか、ヨナさんの荷物から何かを抜き取っているのを確実に見た。

「おおおおおおおおおい!!」

俺の絶叫に、ヨナさん、フェミル、周りの男二人、そして周辺の人間が止まる。

「おまえ……どろぼうだな……!?」

ふらつく俺の言葉に二人の男が一瞬固まり、すぐに逃走した。

「逃いいいいがあああああすかあああああああああああああああ!!」
いきなり全身が沸騰したかのように熱くなった。全力で地面を蹴り、荷物をまさぐってい
た方の男へ向かう。勢い余って建物の壁に激突し、難なく中に侵入してしまった。俺に驚く
食事中の家族に一言お詫びをして、泥棒を追った。
「どこだあああ！」
何故だか叫びたくなる。すぐに辺りを見渡し、一瞬泥棒の後姿を捉えたが、建物と建物の
間にある露店の集まっている場所を縫うように走っていった。人込みに紛れようとしている。
俺は直感でそう思った。
「逃がさないって言っただろおおおおおおおおお！」
俺は建物の壁に足をめり込ませ、地面に対して水平になって走っていく。逃がさない。悪
は許さない。万死与えるべし。むごたらしく殺すべし！
「……!? い、いや、やりすぎだ。兵に突き出すだけでいい！」
俺は自分の考えに、今の自分がおかしな状態になっていると感じた。距離も縮まったので
土壁を蹴り、男に急接近する。ぶつかる瞬間、彼の顔は歪んでいた。泣くくらいなら最初か
らこんな事をするんじゃない！ そう思いながら体当たりをしようとした。が、光の軌道が
俺を捉えた。その先に目を向けると、赤毛で眼帯をしている……恐らく女性が剣を振りかざ
し終える姿を見た。それを最後に、目の前が暗闇に閉ざされる。……おふとん……むにゃむ

にゃ……。

『睡眠学習LV2を開始します』

※※※

『マスター、お帰りなさいませ』

いつもの白い空間にいた。え？　あれ？　ここって……夢？

『つーん』

え。お、お布団？

『マスターは昨日、お布団に会いに来てくれませんでした』

あ……ああ。そうか。深夜から起きてたから、確かに眠れなかったな。

『お布団は寂しがり屋です』

……そう。それはごめん。俺としても毎日、お布団で寝たいとは思っているよ。あんなに気持ちがいいんだし。

『そうしてください。でないと、死んじゃいます』

え？

『マスターは、お布団の力を解放しました。それと同時に、お布団で寝なければならない体になってしまいました』

……は？

『睡眠時間がおろそかになると、睡眠不足ＬＶ１が発動します。その効果は、幻聴、幻覚、意識混濁、暴走、混乱……数え上げたらキリがありません。あらゆる不調が降りかかると思って下さい』

……な、何だよそれ⁉　嘘だろ……。

『お布団は、嘘をつきません』

……そうですか……。

『お布団は、マスターが好きです。マスターを失いたくありません』

その言葉に胸がどきりとした。こんなに真正面から好意をぶつけられたのは初めてだった。例えそれが、目の前にいない相手だったとしてもだ。

『お布団も、その言葉に逆に胸がどきりとします』

う⁉　あ！　そうか。……参ったな。思った事が筒抜けなんだっけ。妙な事を考えないようにしよう。……にしても、お布団の声は凄く落ち着くというか、愛しく感じると言うか。

『マスター。お布団を口説くつもりですか？　落ちますよ？　お布団はマスターの言葉なら簡単に落ちてしまいますよ？』

な⁉　ちょ、ちょっと思った事も解るのか⁉　ていうか、落ちるとかやめてくれ！　す、すごく恥ずかしい！　俺は自分の顔が赤くなるのを感じた。……って、俺が思ったりしてる事も全部解るんだよな……。

『もちろんです』

俺は、無い頭を抱えた。今の俺は光る輪郭でできた何かだったが、思わず抱えた。……お布団。とりあえず現状を確認したいから、起きたいんだけど、いいかな？

『はい。またのお越しをお待ちしています』

チーンという鐘のような音と共に、またもや世界を埋め尽くす布団が俺に迫ってきて、それに溺《おぼ》れた。

※※※

「はっ……」

目を開けると、薄暗い壁が見えた。ごろりと寝返りを打ち辺りを見る。一部分だけを除き、四方が壁に囲まれていた。壁が無い部分は、床から天井へ伸びた棒がいくつも伸びていた。これは、どう見ても……牢屋だった。

第九話

『全能力上昇ＬＶ２・全能力補助ＬＶ２・完全回復ＬＶ１・免疫補助ＬＶ１・昼寝ＬＶ１が発動しました。睡眠学習の効果でＬＶが33から36に上がりました。三時間の睡眠でお布団ポイント3と、少女のポイント8とあの女のポイント8を合算しました。合計59ポイントです』

起き抜けの文字の嵐にも慣れてきた。三時間しか眠れなかったようだが、体調は見違えるほど良くなった。睡眠不足ＬＶ１が発動しているあの状態はかなり不味い。妙な幻を見たり、体が思うように動かなかったり、逆に動き過ぎてしまう。感情も不安定だ。徹夜厳禁だな。

「にしても……」

俺は格子に目をやった。向こうの窓から漏れる夕日に照らされて、きらきらと光っている。妙なさわやかさを覚えつつ、何で自分が牢屋《ろうや》にいるのか理解できずにいた。というか、ヨナさんとフェミルはどうしただろうか？　いきなり俺がこんな事になってしまって、二人も混乱しているに違いない。体を起こしたと同時にお布団が光の粒となって消えていく。何か現状が解るようなものが無いかと格子を掴んで辺りを見渡すと、奥から足音が響いてきた。

「ん。起きてるな、ボーズ」

赤い髪に黒い眼帯の女性が歩いてくる。その姿は、上半身に鎧《よろい》、両足には具足、しかし、腰には黒い下着のような物しか履いていなかった。布面積はかなり小さく、紐で結んであるだけだ。

「え！　ええ⁉」

思わず目を隠した。下を履き忘れたのか⁉　何かの間違いだろう。

「……あ？　何してんだ？」

「い、いや！　違うんです！　すみません！」

「何がだよ？　わけが解らねえぞ？」

「え、ええと……その……下着が……まる見えで……」

女性はキョトンとした顔をした後、烈火のごとく顔を真っ赤にさせた。

「ば、ば、ばっかやろう！　これは下着じゃねえ！　栄誉ある剣闘士だけが履けるスブリガムだっ！」

「え……」

「ど、ど、どこの田舎モンだてめえ！　ああ⁉　また見てんな⁉　そ、そんな目で見るんじゃねえ！　も、妄想もするんじゃねえっ！」

女性は凄みながら内股になり、背を丸めてスブリガムとやらを見えないように体勢を変え

た。顔を真っ赤にさせて涙目で睨んでくる。何か……悪い事をしてしまったのだろうか？

「あ……えっと、もう、はい。大丈夫です。もう下着だと思いません」

「チッ！」

女性は舌打ちをした後に深呼吸し、大きく咳払《せきばら》いをして腕を組み俺を睨んだ。その顔は浅黒い肌でもほんのり紅くなっているのが解る。

「……で、お前は何なんだ？」

「え……ええと。アロイス村からやって来ました。ノレム・ゴーシュと申します」

「どこの村だ?……いや、いい。どうせ確認まで待てねえ。と言うか、お前がただの村人だって言うのかよ？」

先ほどまでの可愛げのある反応と違い、雰囲気が一変した。その目は俺を冷静に計っているようだった。

「単刀直入に聞く。お前は何者だ？」

「で、ですから、俺はただの村人で……成人になったばかりの十五歳で……」

女性は頭をぼりぼり掻いたあと、黒い布を投げてよこした。

「目を隠しな。場所を変える」

※※※

「取っていいぜ」

布を外すと、沈みかける夕日が目に染みた。薄目で辺りを伺うと、石造りの建物が四隅に配置されており、ここはその中心の庭だ。正面に大きな窓があって、そこから日の光が入ってきているようだ。ずいぶん立派な建物だな。フェミルの屋敷より遥かに大きいんじゃないか？

「さて……と」

女性は腰から剣を抜いた。

「アタシの名前はメイプル・ポーン。ロードフックの警備を任されている」

「ロードフック……？　交易所の名前ですか？」

俺の言葉に女性は方眉を上げた。

「……あくまで田舎モンを装うってか？　アタシに斬られて無傷な奴が」

え？　斬られた？　その言葉に驚いていると、女性——メイプルさんの姿が消えた。遅れて土煙が舞う。何だ!?　俺は目を凝《こ》らすと、とたんに土煙の動きが鈍っていく。メイプルさんを探すと、視界の外にいた。いつの間に……。驚く俺にお構いなしにと、どんどん近づいてきた。剣を振りかざす気だ。俺はそれを、大げさに躱《かわ》した。

空気を斬る音が徐々に広がり、世界は元の速度に戻った。メイプルさんは躱されると思っていなかったのか目を見開いて俺を見た。一瞬の間が空いたが、後方へ飛び、剣を構え直した。

「……速いな……！　でも、何で反撃しねえ!?」

「え？　いや、だって……そもそも、何で俺と……メ、メイプルさんが戦っているのかが解らなくて」

彼女は、まっすぐ俺を見据えたまま、息を一つ吐いて剣を収めた。

「保留だ」

「あの……俺、何かやっちゃったんですかね……？　誤解だと思うんですけど」

状況を見るに、俺が交易所で何か罪を犯したのかもしれない。全く身に覚えはないが、睡眠不足ＬＶ１が発動している間に、何かしでかした可能性がとても高い。

「……壁を走ってただろ。覚えてねえのか？　歴戦の勇士や手練《てだ》れの傭兵《ようへい》ならともかく、どう見てもガキのお前ができる芸当じゃねえ。アタシはここの治安を守らなきゃならねえ立場でよ。怪しい奴は全員しょっ引く！」

「ああ……走って……ましたね……」

今思い返すと、これだけでお縄になりかねない。本当に睡眠不足には気をつけよう。

「すまねえな。ここんとこ黒衣の人攫《ひとさら》いとか、アンデッドが出たりでピリピリしててよ」

メイプルさんの話によると、交易所やその周辺に黒衣の化け物がアンデッドを引き連れて現れ、人を攫《さら》ったり襲ったりするようで、原因も解らず対処が遅れているようだった。

「確かにおめえの戦力は異常だけど、素人にしか思えねえぜ。捕まった時の対応もお粗末だわ隙だらけだわで酷えもんだ。そんなんじゃ、とてもじゃねえが繋がってるとは思えねえ」

「そ、そうなんですよ！　俺は本当にただの村人だったんです！」

「ただの村人ねえ。ま、そう言う事にしといてやるよ。つうわけでお咎《とが》め無しだ。……壁を壊した分も含めてな」

その朗報に心底喜んだ。絶対に弁償させられると思ったのに！

「ほ、本当ですか!?　す、すみません！　ありがとうございます！　お金なくて！」

「まあ、まあ。ハハハ」

何故だろう。笑っているその顔が邪悪にしか見えない。少し嫌な予感がしたが、出口まで案内されると、見知った顔が二人いた。

「ノレム！」「ノレムさん」

「フェミル、ヨナさん、心配かけてごめん！」

「アンタ、本当に保護者か？　エルフのアンタが人間の子の？」

「そう言っています」

ヨナさんが俺へ片目をぱちりと瞑《つむ》った。

「え！　あ！　そ、そうなんです！　俺の身請けをしてくれて……」

「……で、そっちの女の子も同じだってのか？」

「はい」

フェミルはいつも通りのえくぼを見せて笑った。あまりにも自然に偽るフェミルを見て、ちょっと身震いした。女の子って……怖い。しかし、俺を従者だと紹介しなかったのかは解らないが、何か意図があるのだろう。

「……ふん。ま、いいぜ。迷惑かけたな。宿は取ってあるのか？　取ってないんだったら、ここからしばらく歩いたとこに「フラワーリップ」っていい宿がある。紹介してやるから、泊っていけよ」

「あ、ありがとうございます……お世話になります」

「使えそうだからな」

「え？」

「いいや。こっちの話だ」

俺達をいつまでも邪悪な笑顔で見据えるメイプルさんを尻目に、警備の詰め所を後にした。

第十話

交易所に着いて日も暮れた頃、俺達は露店で食事を摂っていた。ヨナさんの手作り料理じゃないものを食べるのは久しぶりだ。しかし、味は正直ヨナさんの圧勝かな。

「睡眠不足ＬＶ１……？」

自分に起きた事や、メイプルさんが言っていた事を二人に話した。それを聞き終えると、ヨナさんは黒衣の人攫いでもアンデッドでもなく、お布団に忠告された事に注目したようだ。

「魔術の世界でも、強大な力を得るには代償を必要とします。それと同じ事かもしれません……しかし。あの奇跡の代償がその程度だと言うのか？　まるで釣り合わないぞ……」

ヨナさんはそう言い終えると、目線をあさってに送り、顎に手を当ててブツブツと独り言を言い始めた。付き合いは浅いが、この人は目の前に興味のあるものが現れたら、周りの事なんか気にせずに夢中になってしまうらしい。

「ノレムは今、大丈夫なの？　辛くない？」

フェミルが眉を八の字にして顔を覗き込んできた。

「ああ。牢屋にいた時に少し寝たから、今のところ大丈夫」

「そっか。でも無理しないでね」

得体の知れないスキルに心配をしているようだ。俺としては、お布団スキルはそこまで恐ろしいスキルには感じなくなってきたんだけど。とりあえず、話題を変えるか。

「それじゃ、宿に行こうか。……ええと、ヨナさん？」

俺の言葉に反応したのかしてないのか、のろのろと後を着いてきた。

※※※

俺達はメイプルさんが勧めてくれた宿、フラワーリップへと足を運んだ。外観こそ立派な木造りの建物だったが、内装が……その、何というか……。

「か、かわいい……！」

フェミルのため息が聞こえた。扉を開けたその瞬間から、宿の中は童話の世界に誘われたような世界観だった。どこを見ても鮮やかな色、色、色……俺は悪夢の中に迷い込んでしまったような感覚に陥《おちい》っていた。床は見事な四角形の石が敷き詰められ、その色が飛び飛びの白と黒で構成されている。柱は曲がりくねり、赤と白が交互に塗られている。壁、机、扉……何から何まで俺の常識とは違うもので構成されていた。どう感想を言っていいのか解らない。しかし、女性と子供には評判であろう事は何となく解った。

「素泊まりはエルフ一名、人間二名で三千エルになります」

「……ん？　三千？」

その値段に、ようやくヨナさんが我に返ったようで、宿泊代を聞き返していた。と言うか、な、何だその額⁉　アロイス村ならそこそこ良い小屋が建つぞ⁉　これが都会の洗礼だろうか？　恐ろしい！

「うぃーす」

突然、後ろから声がした。振り返ると、上半身だけ鎧を着て、短いスカートを履いた金髪の少女が、眠たそうな顔で手を上げていた。……誰？

「雷姉貴から伝言だ。誤解したお詫びに、ここの宿を使ってくれって」

「雷……姉貴？　えー……と、あ！　もしかしてメイプルさんですか？」

「そう。メイプルの姉貴だよ。んじゃ」

それだけ言うと、金髪の少女は帰って行った。宿の受け付けは俺達のやり取りを見たのか、何事も無く部屋へと案内してくれた。張り付いたような笑顔が怖かったけど。しかし、そんなのもどこ吹く風。俺もフェミルも宿泊部屋のあちこちを眺めていた。それもそのはず。俺達は生まれて初めて宿と言うものに泊まる。

「ノ、ノレム。これ！　こんなに大きなベッド初めて見た！」

「だ、だなあ……都会って凄いんだなあ……」

無言だったヨナさんの方を振り向くと、村民館で見たような光景が再び広がっていた。ずうっと何かを考えているのか、小さくブツブツしゃべりながら服を脱いでいく。

「ヨ！　ヨナさん!?」

フェミルの小さな悲鳴にも動じず、ヨナさんは黒いローブを脱ぎ終わり、次は下着に手を掛けた。

「ノ、ノ、ノ、ノレム！　見ちゃダメー！」

フェミルは俺の顔を抱きかかえた。なるほど確かに何も見えない。いや、でもな。フェミル。その。これは不味い。今すぐ止めた方がいい。何でかって？　簡単だ。フェミルの、胸の感触がありありと解ってしまうんだ。細身ながらもなかなかその。柔らかい……みたいな。

「お、俺、ちょっと部屋の外にいるよ」

これ以上は駄目だ。フェミルをそういう風に見たくない。いや、ヨナさんの事もそんな風に見る気は無いけど。睡眠不足状態で見たフェミルの見てはいけない格好を思い出し、俺はたまらず部屋から出た。こんなんじゃ落ち着くまで戻れないぞ。とは言え、今から外に行くのも危ないし。俺はしばらく廊下で時間を潰す事にした。

天井のシミを数えたり、これからの事を思ったり、お布団スキルについて考えたり……と、そこでふと気がついた。あのスキルとあのスキルを取ったら、ああいう事ができるんじゃないのか？　もし可能なら、とんでもない事になるぞ。自分の考えに頭も冷えて、いつの間にか結構な時間が経っていた。恐る恐る部屋に戻ると、二人はすっかり寝る準備を完了させていた。良かった。俺もお布団で寝る事にしよう。

『睡眠学習ＬＶ２を開始します』

※※※

『マスター、お帰りなさいませ』

ああ。ただいま。……でいいのかな？

『もちろんです。お布団はマスターに会えて嬉しいです』

え。そ、そう？　俺も……お布団に会えて嬉しい……かな？

『お布団は上機嫌なので、マスターを強くする手助けをします。スキルを取得してください』

ああ。そうか。そういえば、全く取ってなかったな。

『お布団としては、安眠を推奨します』

安眠？　ああ、確か魔術結界と同じ効果なんだっけ？

『安眠は安眠です。それ以下でもそれ以上でもありません』

え。ええ？　そうなんだ。でも、ごめん。今回は止めておくよ。

『お布団ガッカリです』

あー。でも、別のスキルを取りたいんだ。ちょっと考えたんだけど、あれとあれを組み合わせたら、とんでもない事が起きそうだなって思ったんだけど。

『あれとあれ、とは？』

こしょこしょとお布団に耳打ちする。とは言っても何もない空間に手を置いて話しているだけだけど。

『その発想、お布団びっくりです』

この組み合わせは可能？

『もちろんです。お布団は、嘘をつきません』

フェミルの時の教訓だった。あの時はたまたま添い寝で何とか回復できたけど、命に直結するかもしれない状況の時に、次も助けられるか解らない。なら、卑怯《ひきょう》でもこのスキルを取るべきだと思った。

『マスターは卑怯なんかじゃありませんよ』

え？　あ、どうも。

『他人行儀なマスターに、お布団は傷つきます』

あ、いや、ごめん。ああ。こういうのもダメか。じゃあ、お布団。これからもよろしく。

頼りにしているし、甘えるよ。

『お布団はその言葉にテンションがあがります』

てんしょん？　よく解らなかったが、お布団が気持ちいいならそれでいいや。

閑話休題三　フェミルの決意

「ヨ、ヨナさん！　服を着てくださいっ！」

ノレムが部屋の外へ出たのを確認した後、私は小さな声で叫んだ。美しい銀髪を、白くて綺麗な体に垂らしながら、下着を脱ごうとしているヨナさんがその手を止めて、ようやく私を見てくれた。

「フェミルさん？」

「フェ、フェミルさん、じゃないです！　な、な、なんでノレムのいる前で脱いでいるんですか⁉」

そう言うと、窓ガラスに映った自分の姿を確認して、ははあと頷《うなず》いた。

「申し訳ありません。ノレムさんは私の体を性欲対象と認識しているようで、また興奮させてしまったようですね」

「⁉」

い、今、何て言ったの⁉　せ、せ、せいよく……。それに、ま、また……って……⁉　思わず両手で頬を隠した。そこで自分の顔が熱くなっている事に気が付いた。あああ！　もう！

「今度から気をつけます」

「き、気をつけてくださいっ！」

そう言って下着を脱ぎ終え、手のひらくらいの大きさの杖を振って何かの魔法を唱えた。目の前に水が現れて、空中で止まった。それに下着を放り込むと、また何かの魔法を唱えた。

ぼこぼこと泡が出て、下着を踊らせている。今までの人生で見た事の無い光景に、思わず釘付けになった。

「フェミルさんの下着も洗いましょうか？」

「えっ！　ええっ⁉」

「その荷物だと、最低限しか持ってきていないのでは？」

ぎくりとした。慌ててノレムを追ったせいで、叔父さんにもロクな挨拶をせずに出てきてしまった。代えの下着も、実はすでに……何度目かになっていた。

「……じゃあ……お願いできますか……？」

「はい。洗濯はすぐに終わります。どうせなら、服も脱いでください」

「……え？」

※※※

空中で止まっている水の中で洗濯物が泡に包まれている。私は薄いシーツだけを羽織ってそれを見ていた。ちらりと、横にいる裸のヨナさんを見る。人形みたいに整った顔に、宝石のような緑の目。大きい胸。細い腰。綺麗なお尻……女の私でもドキドキしてしまう。

「何か？」

「ええ⁉　い、いいえ！」

反対の方を振り向いた際に、窓ガラスに映る自分の貧相な体が見えた。胸は小さいし、腰もお尻も何だか差があんまりない。なに、これ。同じ女だと思えない……。

「フェミルさん」

「は、はい⁉」

「魔法を見るのは初めてですか？」

「あ……そ、そうですね。見た事ないです」

ヨナさんは、私が魔法の水を見ているのだと思ったらしい。良かった。

「剣聖スキルの中に神通力というスキルがあり、それは魔法と同じような効果を得られると記述されています」

「そ、そうなんですか……」

申し訳ないけど、自分のスキルよりもヨナさんの裸をノレムが見たのかどうかの方が気になって頭に入ってこなかった。

「最初は誰しも未熟です。スキルを使いこなすのは難しいでしょう」

「え、ええ。でも、ヨナさんが羨ましいです……」

「はい？」

「え⁉　あっ！　い、いえいえ！　その！　ま、魔法を使えるのっていいなあって……」

話半分のせいで、つい本音が漏れてしまった。

「そんな事はありません。私のスキルは〈賢者〉ですが、そのスキルの中に料理術というスキルが紛れています。私は俗に言う、駄目レアと呼ばれる者です」

初めて聞く言葉と、それを言うヨナさんの表情が切なそうで、浮ついた気持ちが落ち着いた。

「駄目レア……？」

「その人の才能をスキルと呼び、そのスキルは複数のスキルで構成されているのが普通です。例えば、剣士のスキルがある者は剣術、格闘、体術スキルなどを有しています」

「えっと……それじゃあ、才能の方のスキルはただの名称で、重要なのはその中身の方のスキルという事ですか？」

「ええ、その通り」

知らなかった。てっきり、スキルは一つだと思っていた。

「賢者スキルも例外は無く、最も必要なのは魔術、精霊術、召喚術の三つ。スキルはあればいいと言うものではなく、余計なスキルがあると力が分散してしまうのです」

そう呟くヨナさんの横顔が、少し寂しそうだった。

「私は賢者の才能を持ちながら、料理術というスキルを有していたのです。この時点で、私は賢者の才能が無いに等しいと周りに判断されました。これが、駄目レアです」

「そんな……！」

「才能は残酷です。同じ研鑽《けんさん》を積んでも、才能のある者の方が上達します。これには誰も逃れられません。私も随分と悩みました。しかし……」

銀髪を揺らしながら歩くヨナさんは、まるで神話の女神を思わせた。

「師匠のおかげで克服しました」

ヨナさんは裸のまま杖をくるくる振り、私に向き直ると体を左右に揺らしだした。その動きは徐々に規則的になり、まるで踊っているように見えた。

「魔素をひとーつ取りまして♪　魔術の構築致します♪　空気をすりすり♪　空気をすりすり♪　炎の風が生まれます♪」

普段の大人しくて透き通る声と全く違う、明るくて優しい歌声。まるで子供に歌って聞かせているようだった。

「調理炎風《クッキングヒーター》のでき上がり～♪」

その歌と同時に水が消え、空中で熱い風がぐるぐると洗濯物を振り回した。

「魔術、精霊術、召喚術を料理術と直結させました。そのおかげで、高度で難解な魔法も短時間で唱える事が可能となりました。私はこれを、料理唄魔法と呼んでいます。ただ、代償もあります」

くるりと振り返るヨナさんの顔が、困り顔で真っ赤になっていた。

「……正直、これを人前で使うのは…………恥ずかしいです」

思わぬ告白に、私の顔も赤くなった。咳払いをして、ヨナさんはいつもの無表情になる。

「つまり私が言いたいのは、己のスキルを総動員すればそれなりのモノになるという事です。が、フェミルさんはその上に行けるという事です」

「え……」

「貴女のスキルは大当たりですよ。剣聖に必要なスキルが全て揃っています。……正直、ここまで揃い過ぎているのは奇跡と言っていい程です」

「そ、そうなんですか……」

「とは言え、スキルはあくまで才能。伸ばさなければ何もなりません。フェミルさんはどこかで剣を学ばなければ剣聖にはたどり着けないでしょう」

剣を学ぶ⁉　あまりにも自分とかけ離れている事態に、めまいがした。

「でなければ、従者の意味がありません」

「……」

「さて、そろそろ洗濯物も乾きますよ」

「あ、ありがとうございます」

何日かぶりの清潔な下着を履いた。気のせいか、ほんのりと花のような香りもする。ヨナさんに現実を突きつけられたような気がした。確かに、今のままじゃ私は何もできないお荷物だ。このままじゃいけない。でも、どうしたらいいのだろう？　とりあえず、朝早く走ってみようかな。

ヨナさんの裸をノレムが見たかもしれないという事を思い出し、本当にこのままじゃいけないと改めて思った。こんなに綺麗で優しくて、料理が上手で魔法まで使える人を男の子が好きにならない訳が無い！　何とかしなきゃ！

第十一話

『お布団召喚LV2を規定回数以上使用した事で、お布団召喚がLV3になりました。それに伴い、全能力上昇・全能力補助・完全回復・免疫補助のLVが1上がりました。睡眠学習の効果でマスターのLVが36から44に上がりました。お布団召喚のLVが上がったため、ボーナスを獲得しました。マスターのLVが44から47に上がりました。お布団スキルを規定以上会得した事で、ボーナスを獲得しました。マスターのLVが47から50に上がりました。八時間の睡眠で、お布団ポイント8を合算しました。合計27ポイントです』

今日も文字の嵐だ。しかし目覚めは爽快そのもの。体中に活力が漲《みなぎ》る。この、お布団というスキル……最高かもしれない！　朝から全力で走ったりできそうだな。うん。久しぶりに新鮮な空気を吸いながら走ってみるか。ヨナさんを起こさないように外に出ると、栗毛の少女とぶつかった。

「フェミル!?　ごめん、大丈夫？」

「ううん。私もごめん。ぼーっとしてて……」

よく見ると、フェミルはほんのり息を切らしていた。

「どうしたんだ？　こんな朝から」

「え、ええと。お、お散歩。朝早く目が覚めて、その辺を一周してきただけなの」

散歩で息を切らすって……何だかフェミルらしいな。その様子に、村にいた頃の情景が蘇った。

「ノレムはこれからどこに行くの？」

「ああ……いや、やっぱり戻るか。そろそろ朝食だろうし。主を従者が待たせちゃ不味いしな」

部屋に戻ると、すっかり身支度を済ませたヨナさんが俺達を待っていた。急いで準備して、宿の食堂へ向かった。

焼きたてのパンにハート形のバターが乗っていたり、スープが鮮やかな黄色だったり、雪のように冷たい紫色の氷が食卓に並んだ。それをどう食べていいのか解らない俺をよそに、フェミルは一口食べては唸っていた。味は確かに美味しいけど、何だかご飯を食べた気がしない……。

食後の黒くて香ばしく苦い飲み物に感激していると、フェミルとヨナさんが俺の方を見ていた。いや、俺の後ろか？　振り向くと、下着が丸見えの女性がすぐ側に立っていた。

「うわあ！　す、すみません！　し、下着丸見えですよ⁉」

「は⁉　はあっ⁉　ば！　ば！　ばかやろう！　だから！　これは！　下着じゃねえ！　スブリガムだ‼」

身に覚えのあるやり取りに、思わず手で隠した自分の顔から指をずらす。目の前に、昨日の赤髪の女性……メイプルさんがいた。

「い、いいか！　変な目で見るんじゃねえ！　妙な事も考えるな！……おい！　見るなって言ってんだろ！　おかしな妄想もするなっ‼」

そう言うメイプルさんは内股になって体を斜《なな》めにして、俺からスブリガムを見えないようにしている。……あ。それ、逆効果だ。まるで、何というか……。

「あ、い、いや、大丈夫です。すみません。もう下着だとは思いません……でもその恰好だと、何だか履いてないように見えると言うか……」

俺の言葉を聞いたメイプルさんが一瞬だけ顔を引きつらせたが、すぐに仁王立ちをして腕を組み、俺の前に向き直った。

「茶番はここまでだ」

そう言うが、やはり浅黒い肌でも解るほど顔が赤いし、紫色の目はうっすら涙が貯まっている。微妙にぷるぷる震えているし、凄く恥ずかしいのだろう。多分、あのスブリガムには触れちゃいけないんだろうな……。

「え、ええと。もしかして……何か問題でも……？」

「黙ってアタシに着いて来てもらうぜ。アンタらも込みだ」

突然の提案に、ヨナさんは一つ首を傾げて、まっすぐメイプルさんを見据えて口を開いた。

「聞く義務がありません。これから用事がありますので、失礼します」

「へえ？」

すっかり顔色も戻り、落ち着いたメイプルさんは両手を上に広げて苦笑いしている。

「三千エルを支払えるなら、ご自由に。でも無銭飲食はしょっ引くぜ？」

「え!? ちょ、ちょっとメイプルさん！ 何を言ってるんですか!? だって、ここって……！」

「アタシは紹介するとは言ったが、おごるなんて言ってねえぜ？」

邪悪な笑顔で俺を見た時にようやく気が付いた。ハメられたのかっ……！

「では、これで解決ですね」

ヨナさんはそう言うと、胸元から真っ赤で大きな宝石の首飾りを取り出した。

「換金すれば、十万はくだらない逸品です。どうぞ」

それを見たメイプルさんは、邪悪な笑いから一転して無表情になる。

「……アンタらにとっても悪い話じゃねーんだがなあ」

「今は優先すべき事がありますので、それでは」

首飾りをメイプルさんの手にひっかけ、ヨナさんは食堂を出ようとした。が、出口にはそれを遮るように、メイプルさんが腕を組んで立っていた。

「え!? あ、あれ？」

フェミルが慌てるのも無理はない。この人の動きは速すぎる。

「コイツの真贋《しんがん》が解るまで、やっぱりアンタらを野放しにはできねえなあ」

首飾りをちゃりちゃりと指で回しながらヨナさんの様子を伺っているようだ。

「……穏便に事を済ませたいのですが」

そう言うと、ヨナさんが珍しく笑った。さ、寒気がする。怖い！ その笑顔を受けて、メイプルさんがみるみる邪悪な笑顔になっていく。どちらも笑っているというのに、一触即発だ。

「け、喧嘩は……よく、ないです……」

困り顔のフェミルが二人に割り込んだ。ちなみに俺はと言うと、女の戦いについていけず棒立ちです。もう、怖すぎて！

「……喧嘩をするつもりはありません」

「……まあ、アタシも別に」

フェミルに毒気を抜かれたのか、二人とも少し冷静になったようだ。突っ立ってる場合じゃない。そろそろ俺も援護しなければ。

「ええと、ギルドへ登録しに行くんですよね！」

「ん？　何だアンタら。そこのボーズの冒ギル入りをしたかったのかよ？」

「ボウギル？　あ、冒険者ギルドの略称ですか。いやいや、違います。英ゆ……」

言い終える前にヨナさんの手がすごい勢いで俺の口を塞いだ。

「んん？　なんだ？　ここには冒ギル支部しかねえぞ？」

ヨナさんは無表情で俺の口を押さえつけているが、力が籠っているようで怖い。

「まあ、それなら話は簡単だぜ。支部長はアタシのツレだ。アタシの頼みを聞いてくれたら太鼓判を押して紹介してやるよ！　働き次第じゃ、見習いランクすっ飛ばしでプロランクまで約束するぜ？」

その言葉に、ヨナさんが反応した。

「本当ですか？」

「そいつの戦力はどう見積もっても見習いや新米じゃねえよ。下手したら、そこらの手練れよりも格上だ。これならあとは実績だけ。そいつを作ってやれるって訳だな」

「その言葉、信じるに値できるものは？」

「命を懸ける」

ヨナさんとメイプルさんが真っすぐ見つめ合う。まるでその真偽をお互い計っているかのようだった。

「ワリいな。懸けられるモンがこの体しかねえもんでよ」

「……」

ヨナさんは改めて出口まで近づくと、メイプルさんの顔を見据えた。

「お話を聞きましょう」

第十二話

俺達は警備隊の詰め所へと向かっていた。入口まで行くと、上半身だけ鎧を着て下は短いスカートの女性兵士が敬礼し、中へ通してくれた。通り過ぎる兵士は何だか女性ばっかりのような気がする。通された部屋には、長くて大きい机が中央にあり、椅子がちらほらと置いてあった。作戦会議室だろうか。初めてこういう所に来たせいか、少しワクワクする。

「ワリいな。仕事の話ならここじゃねえと締まらなくてよ」

「いえ」

ヨナさんがメイプルさんと向かい合って座ると、俺とフェミルもそれに続く。

「それで、お話を伺いましょうか」

「アンタらには、街の警備を依頼したい。っっても、主にノレムにだけどな」

「え？　お、俺ですか⁉」

メイプルさんはそう言って、邪悪な笑顔で俺を見つめてきた。う、嫌な予感がする……。

「貴女方の鎧はお飾りなのですか？」

ヨナさんが「警備は貴女のお仕事ではないのですか？」と言わんばかりの皮肉を言った。

「そう言うなよ。こちとら人員が限られてんだ。現状すでに限界だってのに、賊が商家を襲撃するって情報が入ったんだ。もう、アタシらだけじゃお手上げだぜ。はは。こんな事、街のやつらにゃとてもじゃねえが、聞かせられねえな」

はあ、とため息をつきながら頬杖を突いて脱力していく。

「だいたいよー。アタシにゃ向いてねえってんだ。責任者とかよー……」

今度はぶつぶつ愚痴《ぐち》りだした。だいぶ参っているようだけど、大丈夫かな？　やっぱり働くって大変なんだろうな。俺もやっていけるんだろうか……と将来の心配をしていると、扉を叩く音が聞こえた後、宿で見た金髪の少女が入って来た。

「雷姉貴。お茶です」

「おう、クー。ありがとな」

相変わらず眠たそうな顔だ。お茶を受け取ろうと伸ばした手を逆に掴まれ、俺は廊下へ引っ張り出された。扉が閉まる瞬間、中にいるフェミル達も驚いた顔をしているのが見えた。

「え？」

「お前がノレムか？」

「え……と、はい。ノレム・ゴーシュと申します……」

「ノレム。雷姉貴を貰ってやってくれ」

……？　ん？　んん？　意味が解らない。何だ？　何を言ってるんだこの人は？　冗談……には思えなかった。その表情があまりに切なく、必死のように感じた。それが逆にますます俺を混乱させた。固まっていると、メイプルさんが扉を開けて顔だけ出した。

「おい、クー。何してんだ？」

「いえ、別に。それじゃ」

俺に爆弾のような言葉を投げかけ、そそくさとその場を去って行った。首を傾げるメイプルさんを見て、さっきの言葉を思い出す。貰うって、ええと、どういう意味で？

「……要は、アタシらが商家の警備をしている間、街の警備をしてほしいんだ。見回りだけで構わねぇよ」

「いくらでも替えが利きそうな案件に感じますが？」

「言いてぇ事は解る。ギルドに掛け合って警備の依頼をしろってんだろ？　無理無理。交易所の冒険者ギルドはほとんど商業関係だ。戦闘の手練れは一人もいねぇ。それに、依頼を出したところでもう遅え。襲撃は明日、明後日だ」

「……その情報は確かなのですか？」

「は。情報に絶対はねえよ。ちっとでも怪しけりゃ叩く。でなけりゃ、人の命なんて守れやしねえよ」

しばらく黙った後に、ヨナさんがメイプルさんの目を見据えて口を開いた。

「本題に入ってください。ただの見回りなら、手練れが必要な理由がありません」

ヨナさんの言葉にメイプルさんは両肩を少し上げて、ため息を漏らした。

「いや、たまんねえな。ここまで直球だと。それなら、単刀直入に言うわ」

体勢を整え、俺の方へ体を向けたメイプルさんの顔が真剣そのものだった。

「ノレム、アタシと一緒に黒衣の人攫いから街を守って欲しい。できるなら討伐もだ。賊の件が解決するまでの三日間だけでいい」

「え！」

「黒衣の人攫い……色々な村や町で噂を聞いています。しかし、ここに現れるという根拠は？」

「つい最近、交易所の周りで目撃された。理由としちゃ、それだけだ」

「勘、ですか？」

「言ったろ。ちっとでも怪しけりゃ叩くって。非効率的になろうが構わねえ。失くした命はメガミサマだって元には戻せねえんだからな」

「……なるほど」

ヨナさんが初めて頷《うなず》いた。どうやらメイプルさんの言う事に納得したらしい。

「ノレムさん。どうしますか？」

「えと、俺に問題はありません。ただ、黒衣の人攫いとやらと俺が戦えるのかどうかはちょっと心配ですけど……」

「は。構えなくてもいいぜ？　念の為の見回り警備だから」

そう言うメイプルさんの顔は、至って真剣だった。その雰囲気に、バチバチの戦闘になるかもしれない予感がして、今日はお布団でたっぷりと寝ておこうと決めた。

賊が襲撃する予定の三日間、詰め所の一部屋を貸してくれることになったので、正直助かった。宿代をどうしていいか目途《もくと》がつかない。従者としてお金を頂きたいが、まだロクに働いていないので俺からは言い出しづらいし……。

『睡眠学習ＬＶ２を開始します』

※※※

『お布団です』

ああ。ただいまお布団。

『お布団は色々と考えていました。マスターは、朝からお布団の文字を見てゲンナリしませんか?』

いや、もう慣れたから構わないけど。

『駄目です。マスターに負担を掛けたくありません。そこで、今度からお布団は文字をちょっとでも少なくするよう工夫をします』

え、そう? そこまで気にしなくていいんだけどな。

『それに、とっておきのスキルを開発中です』

おお、何だそれ? どんなスキルなんだ?

『まだ秘密です。お布団はにやにやします』

そうなんだ。楽しみにしてるよ。

チーンという音と共に、羽が中に入っている白い布団が大量に降って来た。隙間なく降る布団にいつも通り溺れた。

※※※

『マスター支援LV1が発動しました。マスターのLVが52に上がりました。お布団ポイント8を取得。合計35ポイントです』

おお⁉ 起きるたびに襲われた文字の嵐が、こんなに少なくなった! 嬉しいような、寂しいような。

起床後、食事を摂って作戦会議室へと向かった。部屋の中には、上半身だけ鎧を着て短いスカートを履いた女性、女性、女性……いくら辺りを探しても、男性は俺だけだった。何だか妙に恥ずかしくなり、思わずフェミルの顔を見た。いつもの笑顔を見せてくれた後に、俺の手を引いて後ろの方に座らせてくれた。それが余計に恥ずかしくなり、俯《うつむ》いてしまった。今の俺は、誰よりも女の子のような姿だっただろう。

「集まってるな」

メイプルの声がした途端、ざわざわと騒いでいた女性たちが沈黙し、姿勢を正した。前を見ると、腕を組んで仁王立ちをしている。

「おめぇらも聞いてるとは思うが、今日か明日、賊が商人の家を襲撃するって情報が入った。アタシたちの人員は限られてる。そこで、昔からの知り合いで、総長とも縁のあるノレムに助力を求める形になった。心配しなくていい。そいつは、アタシの雷速《らいそく》を見切れる奴だ。アタシとノレムが組んで街を巡回する。あとは、おめぇらが肝だ」

女性たちの顔が引き締まった。戦士の顔とでも言うのか。各々何とも頼もしい。……というか今、メイプルさんは変な事を言わなかったか？

「ノレムは入口で待っていてくれ。すぐ戻る」

さっきのはどういう事か聞く前に建物の奥へ引っ込んでいった。まあ、何となくは解る。

あの人の性格から、周りの兵士への気遣いなのだろう。良く解らない人が自分たちを差し置いてメイプルさんと行動して警備だなんて、角が立ちそうだもんな。

やる事もなく突っ立っていると、後ろから視線を感じた。振り返ると、長いスカートを履いた女性兵士が驚いて、慌てて離れていった。何だろう？　じっと見ていると、その向こうから金髪の少女、クーさんが歩いてくるのが見えた。

「ノレム」

「あ、どうも」

「女ばかりで驚いただろ。ここは通称、女傑の交易所って呼ばれている」

「女傑……た、逞《たくま》しいですね……」

「……そうでもない」

クーさんは辺りを見て、近くに誰もいない事を確認すると手招きした。顔を近づけると、耳打ちしてきた。

「ここは、いわゆる形だけの警備隊だった。そこまで爵位の無い貴族の女や、力の無い政治家の娘が価値を上げるために無理やり入れられる所だった。だから、当時の戦力は素人同然だ。治安も今よりずっとずっと悪かった」

「そ、そんな事が……」

「意外か？　割とよくある話だぞ。でもそんな時に雷姉貴がやって来て、あたし達を鍛えてくれた。最低限でも戦えるように。……死なないように。雷姉貴のおかげで、今のあたし達は戦う力を手に入れた。感謝してもしきれない。雷姉貴はあたし達全員の恩人だ」

クーさんの表情は相変わらずだが、その目には光が宿っているように感じた。

「だから貰ってやってくれ」

また言われた。貰うって、どういう意味で？

「ワリい、待たせたなノレム。ん？　クー。どうした？」

メイプルさんの鎧が軽装になっていた。しかし、腕や胸の収納に妙な膨らみがあり、そこに何らかしらの武器を隠しているのが何となく解った。

「いいえ、話は終わりました」

「ふん？　そうか。じゃあ、ノレム。頼むぜ」

クーさんとの不思議な会話を終え、俺とメイプルさんは街を警備するために外へ出た。

第十三話

「ノレム、こっちだ」

交易所の全景を見ておいた方がいいとの事で、物見やぐらの方へ案内してくれた。登っている途中、メイプルさんの足が止まった。上を向くと、下着……いや、スブリガムを片手で隠しているメイプルさんが顔を赤くして睨みつけている。ん？　あ、そうか。登っている最中に気がついたんだ。これだと、俺に下から見上げられると。

「大丈夫です！　下着だと思ってないです！」

「も、問題はそこじゃねえよ……！」

登った先にあるやぐらは、二人がぎゅうぎゅう詰めになるほど狭かった。何とか首を伸ばして外を見ると、交易所を一望できるとまでは言わないが、なかなかの光景が広がっていた。

「いい眺めだろ。ここで待つぜ」

「え？　見回り警備じゃないんですか？」

「冒険者ギルドに依頼して、黒衣の人攫いを見たら信号弾を撃つように傭兵を手配した。アタシらは、それを確認した後に討伐する」

「冒険者ギルドには依頼できるような手練れがいないって言ってませんでした？」

「ああ。戦闘はできねえな。でも、危険を知らせるくらいはできるぜ」

そう言うと、いつもの邪悪な笑顔で俺を見てきた。何だか手のひらの上で転がされている感じだ。

「ま、アタシの雷速について来れるノレムだからできる作戦なんだけどな。黒い人攫いは、どこにどうやって現れるのか、まるで解ってねえんだ。だから、こんな対策しか打てねえ。

信号弾を確認後に、現場へ直行だ」

「それで、間に合うんですか？」

「死ぬ気で走れ。じゃなきゃ、誰かが死ぬ」

重い言葉だった。短い付き合いだが、メイプルさんはいい人だと思った。自分の職務に実直で、街の人達を守るためなら何でも利用するしたたかさも備えている。普通だったら、昨日今日に会った俺に助力を求めることは自尊心や常識が邪魔してできないだろう。

「……何見てんだよ」

「あ、す、すみません。メイプルさん」

「『さん』はいらねえよ」

「え……でも。目上の人を呼び捨てにするのは……」

「自分より強え男にさん付けされるのは、馬鹿にされてるみてえでイヤなんだよ。あと、そのウザってえ敬語も止めろ」

メイプルさんはやぐらの窓に頬杖をついて脱力していた。ちらりと俺を見ると、ため息を漏らしながら辺りを見渡している。何を言っているのか。俺がメイプルさんより強いって、ちょっと買いかぶり過ぎだ。

「わ、わか……った。メイプルさ……メイプル。よ、よろしく」

「はいはい。よろしく旦那様――」

「え⁉　だ、だ、旦那様⁉」

「あ⁉……ば、ばっ！　ばっかやろう！　大げさに反応するんじゃねえよ！　ただの、じょ、冗談だろ冗談！」

クーさんから言われた事を思い出し、思わず取り乱してしまった。

「全く……な、何なんだよおめえは？　こ、これだから純情な田舎モンは困るぜ。すぐにその気になりやがる！」

そう言いながら、両手を組んでメイプルは目いっぱい体を壁に寄せていた。そんな事をしてもこの狭いやぐらの中では無意味で、ピッタリ体が密着してしまう。本来は一人で監視するやぐらなんだろうな。

「あー全く。どいつもこいつも男は同じだな。女傑って言っても、しょせん女は女で、お飾りなんて思う連中が呆れる程いやがる！」

「え、いや、そんな事は思ってないよ⁉」

「ノレムじゃなくても、実際いるんだ。だいたいよ。入りたくもねえ警備隊に無理やり入れられて、実戦もした事がねえお嬢様方が肩書だけ貰って、親の地位を上げる手伝いをさせられてんだ。こんなクソみてえな事が許されるかよ？　アタシは我慢できねえな」

「ああ。クーさんに、昔は酷かったって聞いてるよ」

「クーがそんな事を？　珍しいな……いや、それよりそうなんだよ。アタシが雇われる前は本当にひでえモンだった。女だってだけでタチの悪い嫌がらせもしょっちゅうだった。結局、自分の身を守れるヤツは自分しかいねえ。親とか周りは関係ねえ。だから、本物の女傑になっちまえばいいってな。それでここまでやってこれたんだ」

メイプルの熱量に感服した。俺の想像していた女戦士は、もっと武骨《ぶこつ》で寡黙《かもく》で男勝りだった。でも実際に目の当たりにすると、優しくて情に厚いお姉さんという印象だった。最も、メイプル個人は妙な可愛らしさまで備えているけど。

「……凄いな」

「は。意地だよ」

何だろう？　この人の熱に当てられたのか、胸に熱くなるものを感じた。俺は改めて交易所を見渡す。

※※※

日が暮れても何ひとつ現れなかった。今日は空振りかもしれない。さすがにこの狭いやぐらでずっと二人で密着していると気まずいし、一旦降りようかと思ったその時。空気が破裂するような音がかすかに聞こえた。

「何かの音がした！」

「なに……!?」

遅れて、空の方へ赤い光が昇っていく。

「走れ！」

メイプルはそれを確認すると、そのままやぐらから飛び出し、地面に着地して真っすぐ走り出した。俺も焦って降りようとするも、一瞬ためらった。どんどん背中が小さくなるメイプルを見て、俺もついに飛び降りた。いくら強くなったとはいっても、俺の感覚は以前のままだ。

「うっ！　おおっ！」

高い！　怖い！　そんな気持ちとは裏腹に、地面に難なく着地した。ホッとしつつも、見失わないように急いで背中を追った。メイプルは明らかに焦っていた。

「メイプル！……不味いのか⁉」

「ああ！　赤は、かなりやべえ！」

本格的な戦闘になる覚悟をして、思い返す。俺の対戦相手は村の不良とスプリングウルフだけ。どっちもロクに戦えていない。力は強くなったけど、技術がまったく追いついていない。俺は戦力になるのか⁉　黒衣の人攫い……どんな相手なんだ……⁉

※※※

「にゃあー」

「……」

「すいやせん……魔物かと思っちまって……」

交易所の外れまで向かった俺達の前に待っていたのは、野良猫に驚いて信号弾を誤射した傭兵だった。松明の灯りが野良猫の影を大きくして、それを化け物だと勘違いしたそうだ。

「あ、ありえねえだろ……おめえ、それでも冒険者ギルドの依頼で来たのかよ⁉」

「すいやせん……すいやせん……」

目が虚ろな傭兵が、繰り返し謝った。感情がこもっていないその姿は、まるで人形のようだ。それに、格好も妙だ。あまりの汚さに傭兵というより、これじゃまるで盗賊だ。ふと、賊が襲撃する情報を思い出し、俺は静かにメイプルに近づくと小声で耳打ちした。

「……メイプル……この人……」

「ひゃあ！」

メイプルは小さく叫んで遠くに離れた。え、何？

「て、て、てめえ！　な、な、なにしてんだ！　こんな時に！」

「え⁉　い、いや、いやいや！　何が⁉」

「ノ、ノ、ノレム！　混乱に乗じて、ア、ア、ア、アタシに何か良からぬことを……し、しようとしてんじゃねえだろうなあ⁉」

何でそうなる⁉　違うぞメイプル！　この人が怪し……あれ？　振り返ると、野良猫を残して信号弾を誤射した傭兵はいなくなっていた。

「え……？」

周りを探したが、どこにもいない。混乱していると、すぐに聞き覚えのある音が鳴った。

「信号弾の音だ！」

空を見ると、紫色の光が上空へ登っていった。それを見るメイプルの顔がみるみる険しくなる。

「……くっそ……！」

すぐに移動し、その背中を追う。

「どうした⁉」

「紫は……！　詰め所が襲われている！　くそっ！　やられた！　これは罠だ！」

詰め所にはヨナさんとフェミルがいる。その事実が俺の背中を凍らせた。

閑話休題四　ヨナの憂い

ノレムとメイプルが外へ出てからしばらく経ち、日も傾いてきた頃、警備詰め所の中が慌ただしくなってきた。ばたばたと走る少女たちの顔に、まだあどけなさが残っている。メイプルは警備の人員が裂けないと言っていたが、正確には警備の戦力を有する人員が少ないのだろう。最も、私にとって人間は百歳の老人でさえ年下だ。若い人間は全てが幼児に見えてしまう。

視線を戻すと、その途中で壁に掛けられた剣に映る自分の顔が見えた。相変わらず面白くなさそうにしている。不機嫌という訳では無いが、何故だか憂鬱だった。女傑の交易所の話を思い出したからだろうか。ここの話は聞いた覚えがあった。地位を少しでも上げたいのなら、女傑の交易所に娘を入れるのがてっとり早いと。戦乱が終結したとは言え、まだ世界では武力が何よりも重要だ。警備隊の経験があるなら、一目置かれるのだとか。そうして肩書ばかりで無力な戦士が一人生まれる。そのうちに、自分は本当に戦士だと勘違いを起こし、進んで戦い、そして死ぬ。

「馬鹿馬鹿しい……」

「ヨナさん……?」

「……あ。いえ、独り言です」

「そうですか」

そう言って、フェミルは可愛らしい笑顔を見せた。この笑顔を見ていると、自分の鑑定結果に疑問を抱く。本当に剣聖などという戦闘特化のレアスキルが、こんな子に宿っているのか？ この子も引き取られたらしいが、村長の兄弟の子供らしい。どう考えてもあり得ない。

剣に生きる家の血筋を引いているわけでもなく、過酷な環境で育ったわけでもなく、平々凡々に生きた両親から、なぜこんな特殊なスキルを持って生まれて来たのだろう。考えても考えても答えは出ない。お布団スキルに至っては、思考のとっかかりさえない。女神の奇跡で全て片付けてしまいたくなる程だ。

「ノレム……大丈夫かな……」

「心配はありませんよ。ノレムさんの力は、もはや将軍級や仙人級まで匹敵《ひってき》するほどです」

「それは凄いんですか？」

「まず、怪我を負う事は無いでしょう」

「そ、そうですか……」

ほっとしたようで、フェミルは窓から空を眺めた。怪我を負う事は無い、か。とっさに出たにしては、いい言葉だ。私は、彼に悟られないようこまめに鑑定をしていた。今朝の段階でLVは50を超えており、異常な成長速度とお布団スキルの全能力上昇の効果で、彼は想像を絶する強大な力を手に入れている。その気になれば、たった一人で交易所を壊滅させる事も容易だろう。……最も、彼の性格上そんな事は決してしないだろうが。

「赤い……花火？」

フェミルの驚いた声に思考が途切れ、現実に戻って来た。

「どうしました？」

「今、空に赤い花火が昇っていったような……」

……信号弾。赤の意味は「緊急を要する」。恐らくどこでも共通だろう。

「フェミルさん、ここに居てください」

「え？　ど、どこに行くんですか？　た、戦う……なら……わ、私も……」

フェミルが緊張した顔で可愛らしい構えを取った。一瞬だけ混乱したが、私がこの前に宿で従者の話をした事を思い出した。

「……お花を摘みにいきます」

「え⁉　あ……ご、ごめんなさい」

フェミルは顔を赤くして、窓に向き直った。

「それでは」

「は、はい！」

私はフェミルがいた部屋を後にした。全く、全くもって愚かだ。私の賢者スキルとは、全くもって名ばかりの張り子だ。何の気なしに言った言葉に、あんなに幼く無力な子供が自分を鼓舞して戦士になろうとしていた。私は自分自身の愚かさに、全身を引き裂きたい欲求を必死に抑えていた。すれ違う少女兵士達を見て、私もここへ彼女たちを送り込んだ下衆どもと同じだと改めて思う。

「……馬鹿は私か」

私はどうしても私を好きになれない。隙あらば自身を攻撃する癖《くせ》がある。どれだけ生きてもそれは変わらない。いや、生きる時間を重ねるごとにそれが強くなっていく。どれだけ知識をつけても、哲学を学んでも、消えてくれない。何故こうなってしまったのだろう。駄目レアスキルと馬鹿にされた時か？　両親が私を見限った時か？　師匠が……死んだ時か。そこまで考え、自分は悲劇のお姫様気取りなのか？　と自嘲した。どうにも駄目だ。一度この思考に陥ると、止まらない。どこまでも自分を否定して――。

「……あ」

気が付くと、詰め所の入口まで歩いていた。夜の空気を吸いたくなり、扉を開けてゆっくり閉めた。扉を背にして大きく息を吸い込む。

「……！」

一呼吸置いたあと、私は懐から指揮杖を取り出して、くるくると回した。

「魔法漂白防壁《ホワイトコート》」

詰め所の窓、勝手口、地下室の扉に白く光る魔術結界を展開した。私の側の入口はあえて残している。あちこちからドンドンと叩く音が聞こえた。この結界は発動すると何者も通さないが、逆に内側からも出られない。裏手に運悪く取り残された兵士がいたのか、紫色の信号弾が打ちあがった。

「魔法魔素洗浄《クリア》」

この魔法で、空気中にただよう魔素の異常な流れが視覚化できる。そこかしこの地面から人型に乱れた魔素が確認できた。

「……それで、いつ襲ってくるのですか?」

私の言葉に反応したのか、ぼこぼこと地面からアンデッドが現れた。そんなものは眼中に無く、詰め所の上を見た。屋根に黒い影が集まり、人型を成した。双眸《そうぼう》は赤く光り、私を睨みつけている。

「ああ、貴方が黒衣の人攫いとか言う……」

言い終える前にアンデッドが襲ってきた。私はため息をつくと、いつものように料理唄魔法を発動させる。

「今日のメニューはオオトカゲ♪　あつあつホカホカまあ、おいし♪」

料理唄魔法の欠点は、歌い終わるまで魔法が発動しない事だ。歌っている間は無防備をさらす。私は常に従者を取り、私が歌っている間を守らせることにしてきた。しかし、動きの素早い魔物ならともかく、緩慢なアンデッドに捕まる事はまずない。掴みかかる腕を踊りながら躱す。

「魔素をひとーつ取りまして♪　精霊さんに、渡します♪　今度は炭素を取りまして♪　炎のレシピに加えます♪　くるくる♪　かきまぜ♪　くるくる♪　かきまぜ♪」

歌で詠唱し、踊りで魔術を構築する。言わば、私自身が動く魔法陣と化すのだ。この方法で、私は強大な魔法もたった一人で、短時間の内に唱え終わる事が可能となった。

「あっという間に、精霊炭焼火獣《フィッシュフライ》の完成です♪」

私の声と同時に、複雑な魔法陣が地面、壁、空中から現れる。その中から、赤い手がいくつも現れ、アンデッド達を掴んだ。それらは一瞬にして燃え上がり、炭と化した。

足元が膨らみ、燃える大蜥蜴《おおとかげ》の背中が現れた。私はそれに乗り、指揮杖を黒衣の人攫いへ向ける。大蜥蜴は詰め所の壁を器用に歩いて屋根まで移動した。私の視線は黒衣の人攫いらしき影を見下ろす形になった。

「貴方は、討伐対象となっております。何か言い残す事は？」

赤い目が歪み、私に対する無言の憎悪を訴えかけた。その様子を見ても、私の心は何一つ動かなかった。どんな危機に陥っても、どんな敵と戦っても、私が私を否定する、あの時の気持ちに勝るものは無い。こんな時でも私は私の事を考えている。ノレムやフェミルがその事を知ったら、どう思うだろう。従者になれなどと偉そうな事を言っておいて、肝心の私はこの体たらく。救えない。情けない。悲しい。辛い……苦しい……。

「ヨナさん！」

真っ黒く塗り潰された心が急に晴れ、視界が広がる。下の方でノレムが心配そうな顔をしていた。何故だかその顔に、私は暖かい何かを感じた。これは……フェミルを鑑定した時にあった、あの項目と関係があるのか？　それとも……私は、その考えをまとめる事もできないまま、衝撃と共に目の前が真っ暗になった。

第十四話

紫の信号弾を確認し、俺とメイプルは詰め所へと急いだ。一分一秒が惜しい。フェミルとヨナさんが危機に陥った想像をして緊張する。こうなったら、あのスキルを使うか？　誰かが死んだ後に使ったって意味が無い。やるなら今だ。しかし、本当にそれで大丈夫か？　いや、迷っている暇があるのか？

頭の中がまとまらないまま、詰め所の入口にたどり着いた。そして……燃える大きな蜥蜴が詰め所の屋根に登っているのを見た。その背中には……。

「ヨナさん！」

状況は解らないが、戦闘が始まっているらしい。大蜥蜴の前方には、黒い人影のような何かがいた。どうやら対峙しているようだけど……。俺の声が聞こえたのか、ヨナさんがこちらを向いた。目の前の敵なんかお構いなしに見つめてくるヨナさんに、嫌な予感を覚える。敵から目線を外すのは、いくら何でも不味くないか？　ヨナさんの意外な行動と、戦闘中に声を掛けてしまった自分の軽率な行為に冷や汗が噴き出てきた。その予感通りに……奇妙な黒い手が地面から現れ、ヨナさんの腹を殴りつけた。

「ヨナさんっ!!」

上空へ投げ出され、力なく落ちてきたヨナさんの足を黒い手が掴む。その側には、黒くうごめく人影のような何かがいた。それを確認したと同時に、風が巻き起こり詰め所の壁を蹴る音が響く。メイプルがいつの間にか剣を抜き、屋根の縁に移動していた。

「黒衣の人攫いだな?」

静かに聞くメイプルに対して、黒衣の人攫いらしき人影は何も言わず赤い目を覗かせている。メイプルの顔が無表情になっていた。何となくだが彼女が今、冷静に徹しようとしているのだと感じた。無理もない。口から血を流したヨナさんを、黒く歪《いびつ》な手が逆さ吊りにしている。その姿に俺でさえ激高しそうなのに、情に厚いメイプルが黙っていられるはずがないだというのに、己の怒りを押さえつけ、冷静に必殺の間合いを詰めているようだ。

「死なないように、祈りな」

小さく響く声と同時に、メイプルの剣が黒衣の人攫いの肩に深々と突き立てられた。しかし、そのまま剣は黒衣の人攫いを突き抜け、メイプルの体ごと通り過ぎてしまった。体勢を崩し、屋根に投げ出されたメイプルの表情が強張っている。その隙をつかれ、黒く歪な手がメイプルの首を掴んだ。

「ぐっ……!」

黒衣の人攫いは、遭遇してから今の今まで俺を睨みつけていた。俺は視線を逸らすことをしなかった。なぜ俺を見ているのかは解らないが、少しでも俺に注目しているならそれでいい。そう思って動けなかった。でも、二人が捕まった。ヨナさんは怪我をしている。このまじゃメイプルも窒息《ちっそく》してしまう。使うのは今だ！

「お布団！」

地面に現れたお布団に、全力で滑り込む。それとほぼ同時に、別の黒い手が尖った形に変化し、二人を串刺しにしようと迫っているのを見た。間に合え！

『睡眠学習LV2を開始します。聖域を発動します。睡眠不足LV1の効果が切れました』

※※※

いつもの白い世界に帰って来た。

『マスター、お帰りなさいませ』

お、お布団！　平気なのか!?　今、本当に大丈夫なのか!?

『聖域が発動しました。時間が止まっています』

・聖域LV1。お布団の中にいる間は、時間が止まる。俺がこの前に取ったスキルの一つ目はこれだった。思った通りの効果で、ひとまず胸を撫で下ろした。しかし、まだ問題は解決していない。

『今こそ、マスターが言った組み合わせをやる時です』

でも、大丈夫なのか？　聖域って、お布団で寝ている間だけ時間が止まっているんじゃないのか？

『大丈夫です。お布団の中にいればマスターが起きていても問題ないです。そしてマスター。ご報告があります。とっておきのスキルが完成しました』

全ポイント消費スキル。・寝ながら通話ＬＶ１。お布団と寝ながら通話ができる。

『これを取得すると、ここに来なくてもお布団に横になっているだけで、お布団とおしゃべりができます』

お……おおー！　という事は、起きているときにお布団と意思疎通ができるのか⁉　な、何かそれ凄くないか⁉

『お布団は、マスターの大きなリアクションが大好きです』

りあくしょん？　また良く解らない言葉を聞いた。まあ、そう？　お布団が嬉しいなら、俺も嬉しいけど。

『お布団はとっても嬉しいです』

好意をここまで真っすぐに当てられるのは何とも慣れない。悪い気はしないけど、さっきまでの緊迫した状況が夢のように思えてくる。肩の力が抜けるのを感じて、苦笑した。気張って失敗するより、柔軟に行動するべきだ。

『では、マスター。ご武運を』

ああ。行ってくるよ。

※※※

『マスター支援ＬＶ１が発動しました。マスターのＬＶが55に上がりました。お布団ポイントは聖域の効果で得られませんでした。合計０ポイントです』

ゆっくりと瞼《まぶた》を開くと、異常なほどの無音に驚いた。そろりと首を動かし、上を見た。ヨナさんとメイプルが空中で静止していた。辺りを伺うと、地面に残る炎がまるで凍っているかのようだ。何て不思議な光景なんだろう。

「ほ……本当にカチカチじゃないか……」

『お布団です』

「うわ！　あ、お、お布団!?　あ……そうか。お布団通話のスキルか。凄いな……本当に声がしたよ」

『お布団も感激です』

「お布団、お布団魔法を使いたいんだけど、どうすればいい？」

『マスターの思うがままに念じればいいのです』

「念じる……か。うーん。やった事ないけど……じゃあ、浮け！　これでいいのか!?」

俺の念が通じたのか、お布団が浮いた。俺が取った二つ目のスキルは、これだった。・お布団魔法LV1。お布団が浮く。

「う、浮いた！　浮いたぞ！　お布団！」

『お布団は嘘をつきません』

スプリングウルフに襲われたフェミルを添い寝スキルで助ける事はできたけれど、もし頭を噛み砕かれていたら……きっと無理だったろう。どうにかできないのかお布団に相談した所、ある考えが浮かんだ。

まず、聖域について詳しく聞いた。これは世界を凍りつかせる事ができるスキルで、全ての物が完全に停止するそうだ。時間を止めるって時計を止めるって事かな？　くらいにしか思っていなかったが、お布団が説明し直してくれて「世界が凍るのです」と聞いて何となく理解した。要するに、みんなカチカチになるらしい。

そこまで聞いて、カチカチの世界の中お布団魔法で浮いて移動できないかと閃いた。どのみち即死していたら助ける事はできないが、ギリギリの状態なら助ける事ができるはずだと直感した。読みは的中。何とか動ける。……浮いているだけだけど。

「え、ええと。これ、どうやったら動けるんだ？」

『お布団魔法のLVが上がれば、自由自在に動かせます』

「え！　い、今は!?」

『浮くだけとなります』

いきなり想定外！　ど、どうする⁉　動けないぞ⁉　どうにかならないのか⁉　背中の汗が腰まで伝ってきて、俺はかなり混乱しつつある。

『空気を掴んでください』

お布団の提案に、頭が追いつかなかった。

『聖域が発動している中で自由に動ける場所は、お布団の上のみです。マスターの呼吸が可能なのも、お布団の上にいるからです。つまり、お布団の外の領域は動く事の無い空気の壁と化しています。試しに、お布団の外に手を出してみてください』

お布団の言っている事の意味も解らないまま、言われるままに手を突き出す。その途端、手が何とも言えない感覚に襲われ、完全に停止した。指一本動かせない。まるでお布団から先の手がしびれて無くなったかのようだった。

『そのまま、腕を引いてみてください』

肩に力を込めて腕を引くと、逆にお布団の上にいる俺ごと体が持っていかれた。自分の腕がお布団の上に戻るごとに、感覚が戻ってくる。結果、俺は前方へ一、二歩くらいの距離を移動した。

『以上です。力技ですが、空気を掴んで移動してください。』

確かにこれなら、ヨナさんとメイプルに近づける！　お布団から腕を出しては引っ張り、ちょっとずつ移動した。見えない縄を引っ張っているかのようだ。しかし、床に敷いたままのお布団が、空中を徐々に浮かんでいく様は奇妙だろうな。

ようやくヨナさんにまで近づき、逆さ吊りで……その、下着が丸見えのヨナさんの足を掴んでいる黒い手を破壊し、助け出した。……って、どこに置くんだ？　お布団は俺一人分の広さしかない。散々悩んだ結果、俺はヨナさんと抱き合う形で落ち着いた。

『お布団は、じいーっとマスターを見ます』

「いやいやいや！　勘弁してくれよ！　お布団！」

あとはメイプルだ。かなり動きにくくなったが、ヨナさんの近くにいるので単純な水平移動で問題ない。黒衣の人攫いの目の前を通り過ぎた時、蹴ってやろうと思ったが、余計な事をして聖域が解除されたら本末転倒だ。今はとにかく二人を助ける。

メイプルに近づくと、冷や汗が噴き出た。尖った黒い手が、胸に少し刺さっていた。注意深くそれを払うと、めり込んでいただけなのが解った。きっちりと黒い手を破壊し、メイプルをお布団の上に移動させる。黒い手はクッキーのように砕けた。何というか、土のような感触だ。時間が止まっているからなのか？　それにしても、一人用のお布団に三人が仲良く縦に寝る光景はどうなんだろう。

「お布団、二人を助けたからもう大丈夫なんだけど……聖域を解除しても大丈夫かな？」

『問題ありません。マスターさえ大丈夫なら』

「そうか。じゃあ、聖域解除！……で、いいのかな……ん？」

二人の体がどんどん重くなってないか……？　い、いや、これ気のせいじゃない！　お、お!?　重いっ!?

「うわわ！　地面にぶつかる！　う、浮け！　お布団浮いて！」

落ちる速度が緩やかになり、何とか地面に激突せずに済んだ。時間が元に戻ったらしく、黒衣の人攫いは急に砕かれた黒い手や、ヨナさんとメイプルがいない事に面食らっているようだ。すぐに俺達を見つけたが、さっきまで殺しかけていた二人と一緒にお布団で寝ている俺を見て、微動だにしない。しばらく睨まれたが、煙のように消えていった。逃げたか。

……ようやく終わった。

「いや、まだか……」

俺は二人を完全回復させるために、添い寝を決行した。まずはヨナさんをお布団の中へ入れる。口から血を流して、薄い瞼を閉じているヨナさんからは花の蜜のような匂いがした。真っ赤な唇から一筋に垂れる血が、背徳的に妖艶で、力なくさらけ出された白くて細い首筋に思わず触ってしまいそうになった。いかん、しっかりしろ、俺！　まだ睡眠不足なのか!?

ヨナさんをお布団にしっかり入れた。あとはメイプルだ。

メイプルの顔も目の前だった。お布団に入れるためには仕方がないとは言え、あまりに近すぎる。肌は褐色なのに、よく見ると目の周りがほんのり紅く、ヨナさんとは違う色気を感じた。全体的に筋肉質で、健康美という言葉がこれ程当てはまる人もいないだろう。唇も濡れているかのように血色がいい。お布団スキルで観察力が桁外れに上がってしまっている弊害で、どうしても細かい部分を見てしまう。……こんな光景は絶対に、ぜったいにフェミルには見せられない！

『お布団はマスターをじぃーーーーーーーーーーーっと見ます』

「うわあ！　か、勘弁してくれ！　二人を助けるためだから！」

第十五話

「……見える。信じられねえ」

メイプルは左目の眼帯をずらして警備の詰め所をまじまじと見ていた。ヨナさんの魔法で所々焼け焦げてしまったが、大事には至らなかったようだ。キョロキョロと辺りを見渡し、そのまま俺の方へ振り向いたメイプルの左目には、はっきりと俺の姿が映っていた。

「メイプル、おはよう」

あの襲撃から数日が経っていた。添い寝の効果でヨナさんとメイプルは完全回復し、ついでにＬＶも上がったらしい。お布団は終始ツンツンした口調だったが、本当に助かった。

「ノレム……お前……アタシに何をしたんだ……？」

「え、いや、だから何回も言ってるじゃないか、添い寝……」

「あああああーーーー!!」

妙な叫び声をあげて、メイプルが目をぎゅっと瞑った。浅黒い顔が真っ赤っかだ。

「ア、ア、ア、アタシ……汚れちまったーーーーーーーー!!」

「ち、違うって言ってるだろ！　お布団で添い寝をすると怪我とかも完全に回復するんだって！」

あの日以降、メイプルと顔を合わせるといつもこんな調子だ。会話にならない。

「と言うか！　今日はメイプルの方が俺を呼びつけたんだぞ!?」

小さく縮こまっていたメイプルが俺の言葉にびくりとして、すぐに起き上がった。その顔は真っ赤だが、両腕をがっちりと組んで堂々と仁王立ちをした。久しぶりに見たなこの姿。

「そ、そうだった。一応、事の顛末をおめぇらに伝えなきゃなんねえと思ってよ。今夜、部屋に行っていいか？」

そう言って一息つくと、いつものメイプルに戻った。

「ああ、もちろん。詰め所に泊まらせて貰っているんだし、構わないよ」

万が一、もう一度詰め所が襲われた場合のためにと、俺達はここを定宿代わりにさせて貰っていた。フェミルの強い希望もあって男女別に泊まっているが、二部屋も使わせて貰っているのが申し訳ないので、警備の仕事を手伝ったり雑用をこなしたりしていた。もちろん、無償で。そろそろ本当にお金を稼がないと、いざ、何かあったとき不味いような気がする。

「あ⁉　で、でも！　アレだぞ⁉　部屋に行くって……変な想像してんじゃねえぞ⁉」

「してないから！」

※※※

その日の夜、予告通りメイプルがやって来た。ピッタリした薄手のシャツとスブリガムを履いているその姿は、さながら湯上りの恋人だ。俺にスブリガムを見られたり、添い寝をしただけで真っ赤になるほど純情なのに、メイプルはこういう隙だらけな恰好をするんだよなあ。などと思っていると、それを察したのか戒めるかのように真横にいるフェミルが目で「あんまり見ちゃダメ」と訴えかけている。……ような気がする。

「揃ってるな。それじゃ、さっそく始めるか」

メイプルの話だと、今回の襲撃はさまざまな点があまりに未確定で、まだ憶測の域を出ていないらしい。

「信号弾でアタシ達を誘き出した冒険者は、誰に聞いても確認がつかめねえ。詰め所にいる有力者の親族を狙ったのかとも思ったけど、正直そこまで位が高いヤツは、そもそもここにゃいいねえ」

「賊も、偽装だったのですか？」

「いや……賊らしき集団は見かけたらしいが、結局何も無かった」

「では、万々歳ですね」

ヨナさんは本を片手に、目も合わせずに話している。それを全く気にする様子もないメイプルは「まあな」とため息をついた。二人は出会いこそ険悪だったが、短い時間でお互いを認め合ったようだった。

「『謳う賢者様』なら、この事件をどう考えるよ？」

「うたう、けんじゃ？」

振り向くと、ヨナさんは本で顔を隠していた。耳が真っ赤になっている。

「まさか、アンタが英雄のヨナ・アキュラムだとは思いもしなかったぜ」

「……止めてください」

そう言うと、ヨナさんは大きくため息をついて目を瞑った。

「え……ヨナさんって、ええと。なんか……有名なんですか？」

「おいおい……どこまで田舎モンなんだよ。東西戦争の立役者じゃねえか」

「あ、私、知ってる。習った事ある。確か、十年くらい前に戦争があったんですよね？」

「西方諸国と、ウチら東方諸国のでけぇ戦争でよ。東方諸国側で戦ったのが、ナ・カハール率いるヨナ・アキュラム様って訳だ」

「ナ・カハールなら、俺も知ってる。英雄王に最も近いって聞いた事があるよ」

「……そのお話は、今する必要があるのですか？」

どうやら、あまりして欲しくないらしい。

「ん、まあ確かに必要ねえか。わりぃな。有名人に会ったもんだから、つい、よ」

「私の見解が聞きたいとの事でしたが、ハッキリ言って解りません」

「賢者様でもわからねえのかよ？」

「本当の賢者なら、溢れる泉のごとき知識で難なく解決したのでしょうが、私のような偽賢者ではとてもとても……」

何だかとっても後ろ向きになってしまっている。どうしたんだろう？

「ヨ、ヨナさん……」

フェミルがたまらず、ヨナさんの側に座った。いつもの笑顔で場を和ませる。

「……申し訳ありません。当時を思い出して気落ちしてしまいました」

「いや、アタシも無神経だった。すまねぇ」

フェミル、万能説。

「憶測でもいいのなら、お答えしますが……黒衣の人攫いとは……」

そこまで言って、ヨナさんは黙ってしまった。

「いえ、やはりはっきりとした事が解るまで保留させて下さい。悪戯《いたずら》に情報を与えても、歪んだ先入観を持つだけです」

「そうか。まあ、それだけ不確定って事だろ。それでいいぜ」

結論から言えば、何も解らなかったが、それでも全員無事だったという事だけは解った。でもそんなんでいいのか？

「あとで冒険者ギルドの方に顔を出しとけよ。話は通してあるから、金と認定証を受け取ってくれ。他に何か聞きてぇ事があったら今のうちだぜ？　もう最後だからよ」

「最後？」

「アタシ、ここ辞めるんだ。踏ん切りがついてよ。クーが言ってくれたんだ」

『雷姉貴。あたし達はもう大丈夫。後は、姉貴らしく生きてほしい。戦士として』

「……ってな。アハハ。向いてねぇんだよな、責任者なんて。結局よ、アタシは一人気ままな戦士の方が性に合ってるってバレちまったんだろなぁ」

「自分を卑下するのは良くありませんよ」

「おめぇが言うかね……」

気まずい雰囲気になる。フェミルの笑顔も通じない。メイプルにとっては複雑だろう。長年一緒にやって来た人達に、もういいと言われるのは寂しい。しかし、それもメイプルを思ってこそという気もするけど。

※※※

翌日、早朝から廊下に声が響いていた。

「どけよ！　なんだおめぇら!!」

何事かと思い扉を開けると、荷物を持ったメイプルを取り囲むように詰め所の面々が揃っていた。その最前列には金髪の少女クーが、じっとメイプルを見つめている。俺に気づいたクーが視線を送ってきた。ど、どうしよう？　仲裁したほうがいいよな。

「えーと……ど、どうしたんですか？　こんな朝早くから……」

「ノレム！　頼むぜ！　こいつら何とかしてくれよ！　アタシは出て行くっつってんのにこいつらが止めるんだ！　昨日は出て行けっつったのに！　何なんだよ！」

「話が見えないんですけど……クーさん、どうしたんですか？」

「ノレム、雷姉貴を貰ってやってくれ」

また言われた。何なんだ？

「……おい、クー。おめぇ、何を言ってんだ？」

「雷姉貴は、ノレムと一緒にいるべきです」

「返答次第じゃ、穏便じゃすまねえぞ……！」

「雷姉貴は、ノレムに興味がない？」

「……どういう意味だ？」

一触即発。ピリピリとした空気が、二人を中心に渦巻いている。ガクガクしている周りの兵士にはお構いなしに二人が会話を進める。

「ノレムと戦った時も、興味がない？」

その言葉に、初めてメイプルが言葉を詰まらせた。

「雷姉貴、ノレムと戦った時、すごく嬉しそうでした」

続いて、クーの後ろの兵士が口を開いた。

「……アタシの雷速が見切られたと、笑っておりました！」

また別の兵士が口を開く。

「アタシの剣が効かねえと、燃えておりました！」

「全力疾走にも息を切らさず、ついてきたと！」

「訳が解らねえうちに、助けられたと照れくさそうでした！」

「とんでもねえタマかもしれねえと、賞賛しておりました！」

口々に皆が声を上げた。

「雷姉貴、ここに来てずっと大変そうでした。……でも、退屈そうでした」

さっきまで怒鳴っていたメイプルは、下を向いていた。

「雷姉貴とここでずっと一緒に働きたいです。でも、それじゃ雷姉貴は幸せになれない」

メイプルの肩が震えている。

「雷姉貴は、戦士なんです。ここに居ちゃ駄目なんです」

「……おっ……」

メイプルが、ようやく口を開いたその声も、震えていた。

「おめぇらだけでやれんのかよ……今回だってノレム達がいなきゃ、どうなってるか解らねえんだぞ？」

その言葉に女性たち、いや、戦士たちは応えた。

「あたし達だけで戦えます。雷姉貴に、散々しごかれましたから」

「信じてください！」

「やれます！」

「強くなります！」

「雷姉貴からはもう、色んなものを充分貰いました。今度は、私たちから恩返しをさせて下さい」

メイプルは辛うじて耐えている。しかし、自分の言葉で限界が訪れるのは解り切っていた。

それでも、言わずにはいられない。願いにも似た言葉を。

「絶対に……死ぬんじゃねえぞ……!!」

「はい!!」

戦士たちの号令の中、メイプルの背中が震えていたのを見て、俺も目頭が熱くなってきた。

※※※

「という訳だ、ノレム。雷姉貴をお願いします」

「お願いします!!」

クーさんの声に続き、戦士たちの声が響く。

「……ま、そういうわけで、アタシの事、頼めねえか？」

メイプルは照れくさそうに下を見ながら頭を掻いている。

「ああ、もちろん！……って言いたいところだけど、俺はヨナさんの従者だから、断りを入れるならヨナさんにお願いしないと」

「そうか、じゃあ、ちょっとヨナとフェミルのとこにも行ってくるわ」

そう言うと、メイプルと戦士の集団が幾人かを残して二人の部屋へ歩いていった。

「あの」

残った兵士が、申し訳なそうに話しかけてきた。長いスカートの女性兵士だ。何か見た事あるような。

「はい？　どうしました？」

「大変失礼ですが、もしやと思いまして……貴方は、ゴーシュ様のご子息でありませんか？」

第十六話

「貴方は、ゴーシュ様のご子息ではございませんか？」

肩までかかる黒髪で、切れ長の目をした女性兵士が妙な事を口走った。

「え。あ、はい。ノレム・ゴーシュと申します。って、え⁉」

「もう、十年以上前になりましょうか。縁あって幼い時に王都の晩餐会でたまたま遠目からお伺いしただけなのですが、ノレム様にアル・ゴーシュ様の面影を感じまして」

突然の兄妹情報に頭が真っ白になった。

「く、詳しく聞かせてください！　アルは、ええと……確か一番上の兄です！」

手紙にはそう書いてあった。俺には四人の兄妹がいて、そのうちの一人がアル・ゴーシュだ。

「申し訳ありません。一言も言葉も交わしておりませんので……晩餐会に珍しく子供が居りましたので、つい目に入った程度の事なのです」

「そ、そうですか……」

いくら質問しても、それ以上の事は解らなかった。しかし、雲をつかむような兄妹探しに、ほんの少しでも道しるべが示されたような気がして嬉しかった。

※※※

「……って話を聞いたんだけど、どう思う？」

詰め所の食堂で食事を摂っている三人は、ほうほうと頷きながら俺の話を聞いていた。

「十年以上前の王都……と言えば、戦争が終わったばかりの頃でしょうか？」

「終結後じゃなきゃそんな事はしねえよな」

「十年前かあ。……あれ？」

フェミルがコップに口をつけたまま何かを考えている。

「……ノレムがアロイス村に来たのも、十年前だよね？」

その言葉に、妙な合致を覚えた。

「西から来た、と村長は言っていましたね」

「戦争後に身寄りを失くすのは珍しくもねえが、何だか妙に都合がいいな」

「ねえ、ノレム。叔父さんに尋ねるのはどうかな」

「バンゾさんにか？　確かに、話を聞いておきたいけど……」

実は、最初にそれを考えていた。でも、大丈夫だろうか？　当時の事を聞くと言うのは、家族の死を思い出させることにならないだろうか。

「交易所からなら、王都に行くより村に戻る方が早いかと思われます」

「え、でも……大丈夫ですか？　俺はヨナさんの従者なわけですし、主を差し置いて自分の都合を優先するのは……」

「ああ、そういや冒ギルに行くとか言ってたな。登録済ませて行きゃいいじゃねえか」

「……いや、まあ、それは後でも構いません。今はノレムさんの出自について調べましょう」

どうしたんだろう？　ギルドの話になると、強引に逸らしているような気がする。

「私も、ちゃんと叔父さんに挨拶してないから」

「アタシはとりあえずノレム達と一緒だな。どこでもついて行くぜ？」

かくして、一、二週間ぶりにアロイス村へ戻る事になった。ずいぶん早い帰郷だったが、村の外へ出た事のない俺にとっては大冒険だった。俺達は何度かの野営をしつつ、何事もなくアロイス村へと着いた。

※※※

「フェミルお嬢様！」

「ただいま、オハン」

バンゾさんの屋敷から出迎えてくれたのは、いつもの給仕さんだ。恰幅のいい体から生えた両腕に小さなフェミルが包まれるように抱かれている。

「よく帰ってきてくれたねぇ！　急に家を出るなんて言い出した時は、どうしたもんかと思ったよ！」

「ご、ごめんなさい」

オハンさんは、俺とフェミルが小さいころからお世話になっている母親替わりのような人だ。いや、母と言うか、鬼の教育者というか、とにかく、頭が上がらない。

「まーまー！　ノレムぼっちゃんも！」

「ただいま、オハンさ……」

と、久しぶりの再会を祝う暇も無く、何度となく食らったゲンコツを頭に受けた。

「どの面下げて戻って来たんだい！　あたしや旦那様に何にも言わず勝手に出て行って！」

「ご、ごめん……」

眉毛を八の字に歪めているオハンさんの表情に、罪悪感を覚えた。しまった。気まずいとか言ってないで、村を出るならお世話になった人達に一言お別れを言うべきだった。

「本当に、ごめんなさい……」

「いいさ。もう。こうして無事に帰って来てくれたしね」

オハンさんは後ろを振り向いて鼻をすすった。ああ、本当に心配を掛けてしまったんだな。

お布団スキルのおかげで、あんなに痛かったゲンコツはほとんど触れられただけにしか感じなかった。それが、とても寂しく思えた。

その後もしばらく立ち話をしてしまったが、そろそろ本題に入らせてもらおう。

「バンゾさんって、いるかな……？」

俺の問いに少しだけ顔を曇らせたが、すぐに笑顔に戻った。

「旦那様なら、書斎にこもりっきりさ。調べものがよっぽどあるのかね？　ははは」

そう言うオハンさんの横顔が寂しそうだった。

「バンゾさんにどうしても聞きたい事があるんだ。通ってもいいかな？」

「もちろんさ。我が子を歓迎しない親なんていないよ！　顔を見せに行ってやりな！」

オハンさんの承諾を得て、二階への階段を上がった。廊下を歩いて突き当りの書斎前に着く。ドアのノブを回そうとするが、その直前で手が震えている事に気が付いた。

「ノレム、大丈夫？　私が先に入ろうか？」

下の階にいたはずのフェミルが、心配して着いて来てくれたようだった。本当に俺の事を気遣ってくれる。いつものフェミルを見て少し冷静になった。

「ううん、大丈夫。自分で開けられる」

ドアをノックして、ノブを回す。しかし、その途中でカキンとノブが固まった。鍵が掛かっているようだった。

「……バンゾさん、ノレムです」

「……」

中からは何の音もしない。本当にいるのか？

「聞きたい事があって戻ってきました。できれば、ドアを開けてもらってもいいですか？」

しばらく待ったが、音がしない。フェミルと顔を見合わせ、出直そうかと考えた頃に派手な足音を鳴らしてメイプルが下から駆け上がり、そのまま書斎のドアを乱暴に叩き始めた。

その顔は真っ赤で、眉間《みけん》にシワが深く刻まれていた。怒ってる？

「おい。出ろ」

「メイプル!?　ちょっと、何をしているんだよ！　とりあえず出直すから……」

俺がそう言い終える前に、メイプルの拳でドアが破壊された。恐る恐る中の様子を見ると、この騒ぎに表情一つ変えずバンゾさんが椅子に座っていた。

「事情はさっき、ヨナから聞いた。初めに言っとく。アタシは完全な部外者だ。でも言わせてもらうぜ？　確かに、アンタの人生には同情する。だがアンタがやったことは、完全な外道だ。人でなしだ！　で、その罪を償うために書斎にこもってるってのか？」

「メ、メイプル、ちょっと……」

「罪を償いたいんだろ？　じゃなきゃ、とっとと死んで一件落着だもんな。でもなあ。書斎にこもって日々を過ごすって、これのどこが詫びなんだァ？　成人前のお嬢様かよジジイ！」

メイプルはバンゾさんの襟を掴んでさらに凄む。

「外に出ろ。いつも通りにしろ。いや、余計に笑顔を振りまけ。周りになじられろ。それでも他人に優しくしろ。償いってのはそいつが一番にやりたくねぇ事をやるんだよ。誰にも会わねぇ傷つきもしねぇ、カビた書斎で一日を過ごすこれのどこが償いなんだ⁉　おい⁉」

そこまで言うと、メイプルがバンゾさんに平手打ちをした。メイプルの行動に俺とフェミルはついていけず固まっていた。

「アンタから見たら小娘の平手でも、ちったァ気合入ったかよ？」

「……ふ」

バンゾさんがよろよろと体を起こして深呼吸した。

「確かに、カビ臭いな……」

※※※

俺達は客間に通され、バンゾさんと対面する形で座った。メイプルはドアの横に陣取り、腕を組んで視線を合わせないようにしている。

「すまない、ノレム」

「い、いやいや！　こっちこそですよ！　すみません！　メイプルには後で言っておきますから！」

「んーな歳にもなって、甘えてっからだよ」

「こら！　メイプル！　すみませんバンゾさん！」

「……いや、彼女の言う通りだ。私はこの期に及んで逃げていた。嫌になるほど自分に甘かったらしい」

「叔父さん……」

お茶を一口すすり、息を整えてバンゾさんが俺を見据えた。

「私の知っている事であれば、何でも答えよう。何が聞きたいんだ？」

俺は交易所で得た情報をバンゾさんに伝えた。

「十年前にノレムと似たアル・ゴーシュを見た、か。手紙の内容が事実なら、長男の可能性はありそうだが……」

「その内容で気が付いたのですが、どこにもゴーシュと明記していないはずです。なぜ彼はノレム・ゴーシュと呼ばれているのですか？」

「ああ。それはノレムの持ち物の中にハンカチがあって。そこにノレム・ゴーシュと名前が縫い付けられていたんだ」

「叔父さん、持ち物って他にもあったの？」

「あとは高貴な感じの服と、何語で書かれているのか解らない本だけだった。特に変わったものは無かったと記憶している」

「それはどこにあるんですか?」

「……すまない。ノレムの家にそのまま置いていたから、火事で全て燃えてしまった。私のせいだ」

「服の形が解れば、ある程度の範囲を絞れるかと思ったのですが、無いものは仕方ありませんね」

「ノレムって貴族なのかな?　王子様だったりして」

「からかうなよ」

「十年前に西方から逃れた貴族か。無い話ではないな」

その後も十分に意見交換したが、これといった決定打は出なかった。とりあえず、結論は明日という事で、みんなバンゾさんの屋敷に泊まる事になった。……俺以外は。

久しぶりに満天の星空の元、このお布団に包まれて眠りたい衝動にかられていた。ご神木から見える星空は幻想的で、何とも落ち着く。

「お布団」

俺の言葉にすぐさま反応し、地面から少し浮いたお布団が現れた。それに腰かけて、眠る前の余韻を楽しむ。しかしその時、声が響いた。

『マスター。お布団は大事なお話があります』

お布団からの予期しない突然の言葉に、俺は一気に緊張した。

第十七話

季節は、春の本番へと向かっていた。今日は特に温かい。風も無く、夜の野外だというのに薄着でも問題なかった。

『マスター、覚えていますか。ここでマスターと初めてお会いしました』

村のご神木の前で、地面から少し浮いているお布団に腰かけ、俺はお布団と会話をしていた。

「ああ、覚えてるよ。あの時は寒かったなあ」

お布団の心地いい声を聞くと、どうにも無防備になってしまう。何故だろう？

『お布団は、あの時にようやくこの世界に干渉できました。マスターが、お布団を意識してくれたので初めて存在が許されたのです』

「何だか哲学みたいな話だな」

『この世界へ干渉できない状態でも、お布団はずっとマスターを見ていました。マスターの事は何でもお見通しです』

「そ、そうだったのか……」

ずっと見ていた？　お布団には何もかも筒抜けだったのを思い出して、途端に恥ずかしくなってきた。

『初めての旅は、どうでしたか』

俺が気まずくしているのを察したのか、お布団は話題を変えてくれた。

「あー。そうだな。何だか色々あったなあ。村を出て、ヨナさんと二人で旅をして、フェミルを助けて、メイプルに捕まって、黒衣の人攫いから二人を助けて……」

思い起こせば何とも濃い日々だ。村にいたら一生体験できないであろう事を、ほんの数週間で経験した。今は大冒険を終えた後の、束の間の休息を取っている。そういう感覚に包まれていた。

『あの三人の女性の中で、一番気になっているのは誰ですか』

「んがっ⁉」

お布団の不意な質問に、変に唾を変に飲み込んでしまい咳込んだ。

「な、何を言ってるんだよ！　三人とも仲間っていうか、その、うん」

『フェミル↓メイプル↓ヨナの順ですね。お布団には解ります。ありがとうございました』

ズバリと的中され、何も言えなかった。顔から火が出そうなほど恥ずかしい。

『ヨナ↓メイプル↓フェミルの順で、胸とかお尻が気になっている事もお布団には解ります』

あ、もう駄目だ。心臓が鷲掴みされたかのように痛い。

『マスターの事は何でもお見通しです』

「……お布団には解ってるだろうけど、俺、フェミルが好きなんだ。でも、何だかヨナさんやメイプルも気になると言うか……最低だよなあ……」

『大丈夫です。マスターは思春期ですから、大いに揺らいでください』

「そ、そう？　俺、最低じゃない？？」

『最も、複数と同時に関係をもったら最低ですが』

「さすがにそれは無い！　そんな事はしない！」

俺は必死に否定した。いくらなんでもそんな事できる訳が無い。したいとも思わない。俺の運命の人は、世界に、生涯にただ一人だ。

『マスターのそういうロマンチストな部分も、お布団は大好きです』

「考えを読むのはさすがに止めてくれ……」

『さて、夜も更けてきたので、そろそろ本題に入ります』

お布団の言葉に緊張した。何となく、姿勢を整えてお布団の声を待った。

『その前に、この話はマスターにとってかなりの負担になります。それでも構いませんか？』

「え。……ま、まあ……たぶん……」

『断っておきますが、お布団は世界で一番マスターが好きです。その上で聞いてください』

「はい」

『マスターは、これから大きな世界を体験します。そこでは、一見すると悪い事なのに、時間をかけて理解するとそうでもなかった。そんな事が溢れています』

その言葉に、バンゾさんの事を思い出した。未だに、何が悪かったのかはっきりとしていない。裏切られたショックはある。でも、育ててくれた恩もある。家族を失ったバンゾさんの気持ちも理解してあげたい。

『そのためにはマスターが苦手な、他人を理解しなければなりません』

「え？　お、俺って他人が苦手なの？」

『気がついていませんか。マスターは他人に対して過剰に気を遣っています。己を殺してでも、他人を優先しているのです』

思い返すと、確かにそんな気がする。俺は特に意識していたわけでもなかったけど、よくよく考えると、バンゾさんに対して……ちょっと異常なほど気を遣っているような。

『マスターが過剰なのは、他人から信頼を裏切られた時に、致命的な傷を負うと本能で解っているからです。だから、最初から己を出さず、他人に合わせる事で傷を最小限にしたいのです』

「……」

『マスターは誰かに我がままを通したことがありますか』

「村の……不良連中には……」

『あれは子供の喧嘩です。お布団が言っている我がままとは、自分が得する事で他人に損をさせる事を言います』

意識した中では、多分そんな事は一度もない。

「それは……迷惑になるじゃないか……」

『迷惑をかけてもいいんです』

「よく、ないだろ……」

『マスター。誰しも他人に信頼を裏切られたら傷つきます。時には、誤解やすれ違いで裏切ってしまう事もあるでしょう。でも、それで他人を拒絶しないでください。他人とは、そういうものなのです。裏切るものなのです。ですが、そこに悪意は無いのです』

「悪意が無いのに、裏切るって言うのか？」

『それは、みんながみんな、己が物語の主人公だからです。そこまで他人に合わせられません』

お布団の言葉は、俺の一番触れてほしくない心の柔い部分を優しく撫でた。

「みんなが自分勝手になったら、この世界は大変な事になるんじゃないのか？」

『ご心配なく。すでに自分勝手に生きています。もちろん、マスターもお布団もそうです』

「おいおい、話が違うぞ。俺は我を通した方がいいって流れだったろ？」

『その我をもっと通してもいい、というお話です』

一瞬の静寂。風がご神木の葉を擦る音だけが聞こえる。

『マスター。大丈夫ですよ。マスターが思うほど、他人は冷たくありません』

「……」

『それに、マスターは気づかないところで他人を裏切っていますから。お互い様です』

「え⁉ う、裏切ってる⁉」

『例えばフェミルの事です。フェミルがマスターにして欲しい事は、結局マスターには理解されません。マスターはフェミルを裏切り続けているのです』

「えええええ……」

『それでも、フェミルは危険を顧《かえり》みずマスターの元へ付いてきました。裏切られているにも関わらず』

「……どうして……」

『その鈍感な部分も込みで、マスターを受けて入れているからです。いわば、フェミルの願いとはフェミルの我。我を通そうとするなら、傷つくのも覚悟しなければなりません。それでも通したい願いなのです』

この旅に出てから、フェミルの印象がどんどん変わっていく。あの優しくて儚《はかな》いフェミルが、そんなに芯が通った強い人間だったなんて。

『お布団は、マスターが傷ついたとしても通したい、自分だけの願いを見つけてほしいと思っています』

「……そんな事、初めて考えたよ。誰にも言われなかったしな」

『これはお布団の我です。お布団の願いです。つまり、マスターに嫌われるのを覚悟で伝えています』

「いやいや、嫌うわけないよ。だって、お布団の言葉には何て言うか……愛があるよな」

『お布団は、歓喜の涙で溺れそうです』

自分だけの願いか。人生の目標とも言い換えられるだろうか？　確かに、成人したわけだし生計を考える必要がある。しまったな。思い起こせば誰かの手伝いしかしてない。自分でこうしたい、なんて本当に考えた事がないぞ。バンゾさんの別宅を借りたのだって、本宅に居続ける事で迷惑をかけるんじゃないかって思っただけだもんな。

『マスター』

「え」

『お布団は、マスターの行きたい所なら、どこへでもついていきます。生きたい道に寄り添います。ゆっくりゆっくり考えてください』

「……ありがとう」

『お布団は、マスターの最大幸福を心の底から願っています』

「お布団」

『はい』

「俺、お布団の事も好きだよ」

『お布団は今、照れまくりです』

他人とこんな話をしたのは生まれて初めてだった。お布団を人に数えていいのか解らないけれど、そんなのはどうでも良かった。どうしてだろう。心がこんなにも満たされている。

お布団の優しい声と匂いが、はるか昔の記憶を刺激しているかのようだ。ああ、あの時も……お布団で寝ていたなあ。……優しい母の笑顔と……窓から見える……青い空に浮かんだ……飛行……機……雲……が……。

その記憶を思い起こす前に、俺は幸せな眠りに落ちていった。

第十八話

アロイス村に三、四日ばかり宿泊した後、俺達は王都へ向けて出発の日を迎えた。

「バンゾさん、オハンさん、お世話になりました」

「叔父さん！　オハン！　またね！」

「それでは」

「……じゃあな」

「みんな、気を付けて」

「たまには帰って来ておくれよ！」

村からしばらく歩き、これからの方針を思い返す。

※※※

とりあえず王都へ行ってアル・ゴーシュを探すのが現実的では、という結論に至った。西方諸国に行く事も検討されたが、さすがに当てがなさすぎた。それに……。

「王都なら直接、英雄ギルド入りができます」

ヨナさんが俺に耳打ちしてきた。どうやら、ギルドといっても英雄ギルドに入れたいらしい。冒険者ギルドじゃ駄目なんだろうか？　雇われの身なので、どうしてなのか聞きづらい。

お布団が言うには、俺は自分を抑えて他人を優先しているがゆえに和が乱れないが、それではそれ以上関係が発展しないそうだ。確かにその通りなんだけど、こればかりは性格な気もする。他人とぶつかるって、正直言って怖い。……でも。

「ヨナさん。あの、な、何で俺を英雄ギルドに入れたいんですか？　それに、英雄ギルドって何なんですかね……？」

お布団の言葉に後押しされた俺は、ぶつかってみた。

「……時期が来たら、お話しします」

無残に砕け散った。ああ、お布団。本当だ。本心で質問して拒否されるのって、凄く傷つく。

「ちゃんと、頼りにしていますから」

意外な言葉をヨナさんから聞いた。その顔は申し訳なさそうだった。短い時間だけど一緒に旅をして、こんな顔を見るのは初めてだった。

※※※

「頼りにしてる……」

「ん？　ノレム？」

「あ、いや。何でもない」

他人とぶつかったなんて大げさなものじゃないけど、おかげで、一つヨナさんの事を深く知ることができた。あのヨナさんが俺を頼りにしていると言ってくれた。お世辞かもしれないけど、嬉しかった。

「フラフラ歩いてんなよ、ノレム」

「あ、ああ」

メイプルが後方で辺りを警戒しながら歩いている。ちらりと前にいるヨナさんを見た。そういえば、最初からこの二人は本音のぶつかり合いをしていた。そのせいか、二人はすぐに馴染んだように感じる。仲良くする事だけが、関係を深める訳じゃない、か。むしろ逆もあるのか。

「人間関係って……難しいなあ……」

「んん？　ノレム？」

「あ、ごめん。独り言」

俺達はメイプルがいた交易所で補給して、王都を目指した。北へあと二十日はかかるらしい。そんなに遠かったっけ？

「ノレムさんには、戦闘訓練を受けながら王都へ進んでもらいます」

「え!?　訓練!?　た、戦うんですか!?」

「王都へは山を越えて行きます。街道は使いません。向かうにあたり、その道中で出てきた魔物はすべてノレムさんが倒してください。メイプルさんもフェミルさんも、魔物が襲ってきても、その場から動かないように言ってあります」

「ま、待ってください！　戦うのは解りました！　でも、せめて安全なところに逃げていてくださいよ！　怪我したらどうするんですか！」

「即死さえしなければ、傷を負ってもノレムさんのお布団で完全回復するでしょう」

「そんな……無茶苦茶ですよ！　俺はこの前までただの、成人前の村人だったんですよ!? いくら強くなったって、戦い方を知りません！　素人同然ですよ！」

「私たちに怪我をさせたくなければ、死ぬ気で戦い方を身に着けてください。それが遅れれば、いずれ私たちの誰かが命を落とすでしょう」

それ以上は何を言っても無駄だった。俺はこの無謀な戦闘訓練に挑まなくてはいけなくなった。

※※※

交易所から出て山道を歩いて行くと、動く木の魔物、トレントヴィオに出くわした。ヨナさん、俺、フェミル、メイプルの順に列を作って移動しているので、前方から来た敵に対しては、いきなりヨナさんが危険になる。俺は少し離れた位置のトレントヴィオを充分に目視して警戒した。妙な動きをしたら即飛び出して、攻撃するつもりだ。

「……頼みましたよ、ノレムさん」

「わ、わかりました」

「魔法満腹睡眠《ポンポンスリープ》」

ヨナさんが呪文を唱えると、フェミルとメイプルが小さく「けぷっ」と呟いた。二人は恥ずかしそうに口元を手で隠したが、すぐに膝から崩れ落ち、地面に突っ伏した。その光景に驚いていると、ヨナさんからも「けぷっ」と聞こえ、地面に倒れた。三人とも静かに寝息を立てている。

「その場を動かないって……ここまでやるのか……⁉」

いよいよ、俺は覚悟を決めた。三人には指一本触れさせない。辺りを警戒する。葉の擦れる音だけが妙に響く。おかしい。今は風が吹いていない。まさか……囲まれている？　落ち着け。焦るな。でも、モタモタしてはいられない。

がさり、と一瞬だけ大きく音が鳴った。そっちに目をやると、普通の木に交じってトレントヴィオが急接近してきたのが見えた。その進行方向には、フェミルがいる。

「くうっ！」

俺は体を捻《ねじ》りながらトレントヴィオに突進し、勢いよく回し蹴りをお見舞いした。まるで虫食いだらけの枯れ木のように脆《もろ》く砕け散った。その音を合図のようにして、周りのトレントヴィオが一斉に襲い掛かって来る。俺は大声を上げながら、必死に撃退していった。

※※※

あれから二十日が経った。だいぶ王都へ近づいただろう。

「どうですか？」

ヨナさんが小さな声で俺に尋ねた。

「正面から向かって、九時、十一時の方向に魔物がいます。衣擦《きぬず》れから察するに、獣人かアンデッド。素早く移動しているようなので、獣人のオークかゴブリンだと思います」

俺はヨナさんより前に陣取り、相手の出方を見た。何もしてこないのを見ると、相手は襲うタイミングを計っているようだ。それを確認して、俺は懐から大小さまざまな石を取り出し、思いっきり魔物の方へ投げた。

「ギュアアアア!」「グゲッツ!」「アギャガッ!」

お布団のおかげで高LVになった俺の投石は、高速で飛ぶ鋭い散弾と化し、木や石を貫き魔物に致命傷を与えるまでになった。ヨナさん曰《いわ》く、そこらの魔法よりもはるかに凶悪だそうだ。前方を確認すると、俺が石を投げつけた一帯が穴だらけになっていた。そこに、同じく穴だらけのオークが数体寝転がっていた。そのうちの一匹の呼吸が聞こえる。そいつへ近づくと、オークは素早く体を起こし、不格好な斧を振り上げた。

俺はそれを確認すると、体を半身だけずらして、斧が振り下ろされるのを待った。すぐ側を通過する斧を見てから、オークの頭に肘を食らわせた。頭蓋骨《ずがいこつ》が砕ける感触。よし、これでこいつはもう立てない。魔物を発見してから撃退までだいたい四、五分。まあまあかな。

「ノレム、何だかすっごく強くなったね!」

フェミルが笑顔で迎えてくれた。いつものえくぼを見ていると癒される。

「ありがとうフェミル。まあ必死だったからなあ……」

「おめぇはまだまだ強くなるぜ。こんなもんじゃねえよ」

メイプルが腕を組んで邪悪な顔で笑っていた。最近やたらと戦いを挑まれる。そのたびに勝ってはいるが、徐々にメイプルの動きが読めなくなってきている。さすが戦士と言うか、死角を突くのが実に上手い。お布団スキルが無ければ、姿が消えたように錯覚してしまうだろう。

「そ、そうだな。頑張るよ」

俺はこの二十日間、必死に三人を守りながら旅をした。その過程で、どうしても怪我をさせてしまう事もあった。その度に謝罪し、反省した。いくら治るとは言っても、傷ついた姿は見たくない。それに、次は怪我で済まないかもしれない。どうすればもっと安全で、確実に、素早く倒せるかを必死に考えた。そのおかげか、俺は魔物に対して少しは対処できるようになったようだ。

「ノレムさん」

「はい。大丈夫です。魔物の気配も音もしません」

「いえ、着きました」

一瞬その意味が解らなかったが、ヨナさんの後ろにある巨大な建物のようなものが見えて、ようやく理解した。林を抜けると、平野が広がっている。その向こうに、山の上に鎮座した城と、それに続く城下町があった。

「王都……ようやく着いた……」

長かった。これでもう緊急事態にも似た戦闘から解放される。良かった……

「ヨナさん、ありがとうございます。最初はどうなるのかと思ったんですけど、何とかなりました！　おかげで魔物にもいちいち驚かなくなったし、音や匂いで何匹いるかとか、筋肉の動きで何をしようとしているのか解るようになりました！　あと、三人の中で誰がどうやって狙われるのかとか、それが何故なのかとか、体を最小限に動かして攻撃する方法とか、あとは……」

「……」

ヨナさんが黙ってしまった。不味い！　ちょっとはしゃぎ過ぎた。成人したっていうのに、すぐに子供のようになってしまう。いかんいかん。

「私は……」

「え、あ、はい⁉」

「ノレムさんが、戦闘に入るための心構えが足りないと判断したので、それを二十日間で獲得してもらうつもりでした」

「こ、心構え⁉　それだけですか⁉　そんなの別に、口で言ってもらえば……」

と、そこまで言いかけて想像する。果たしてこの二十日で会得したものが、口で説明をしただけで得ることができるのかどうか？　恐らく、十分の一も理解できない。

「しかし、それ以上の戦闘技術をあっさりと習得してしまったので、驚きを通り越してどう言っていいのか解りません。……が、とりあえずは……」

ヨナさんの白い手が、俺の頭に触れてきた。

「よくできました」

「え、ちょ、よ、ヨナさん⁉」

不意打ちで頭を撫でられて、どうしていいか解らなくなった。香水なのか、いつか嗅いだ花の蜜のような香りがする。ヨナさんとこんなに近い距離で話をするのはアロイス村以来だ。間近で見ると、本当に綺麗な人なんだと解る。

「強くなるたびに、ご褒美《ほうび》をあげましょう」

「……ヨナさん、俺はもう成人ですよ」

「私にとっては幼子です」

メイプルとフェミルの事が気になったが、二人とも王都を見ていた。いつ振り向いてくるのか気恥ずかしくて仕方がない。

「次はキスをしてあげます」

「き⁉」

ヨナさんは俺の頭から手を放して歩き出した。それと同時に二人が振り返り、運よく俺が子ども扱いされた姿を見せる事は無かった。

「……俺はヨナさんにとって子供どころか、赤ちゃんみたいなもんなのか……？」

俺は王都に着いた感動よりも、ヨナさんの行動に緊張してしまった。何だかどうにも、くすぐったい。

第十九話

二十日間の旅を終え、ようやく王都の入口までやって来た。話には聞いていたが、人が建てたとは思えない、信じられないくらい大きな城壁だ。商人、傭兵、馬車……人の往来も絶えず、全てが大門に吸い込まれては吐き出されていく。圧巻だ。

「それでは、行きましょうか……」

いつもの黒いトンガリ帽子と黒いローブに戻っていたヨナさんが、力ない声を出した。

「どうかしましたか？　ヨナさ……」

「しっ！」

黒いヴェールごしに口元へ指をつけて、辺りを警戒し始めた。何だ？　魔物の気配とかは無いけど。

「どうしたよ？　何か都合がわりいのか？」

「……ここにいる間だけ、私は私であることを偽らせてください」

ヨナさんの奇妙な行動に俺達は疑問が浮かんだが、追求しない事にした。誰にだって知られたくない事はあるだろう。

「申し訳ありません」

「ううん、大丈夫ですよ」

フェミルの笑顔で癒された俺達は、王都の中心へと進んでいく。石畳《いしだたみ》の道、雪のように真っ白い家々、小さな川、存在感たっぷりの王城……この世の物とは思えない。世界にこんな場所があったなんて！

「ノ、ノレム、見た？　あそこのお店！　綺麗な小物が売ってるって思ったら、全部パンだったよ！」

「ああ、こっちも見ろ！　剣がびっしりと壁に掛けられてる。値段が凄いぞ！　家一軒分もある！」

「おいおい……落ち着けよ田舎モンども」

「メイプルも見ろよ！　そっちには魔物でもない変な動物も売ってるぞ！　ほげーって鳴いてる！」

「興味ねえよ！　なんだそりゃ！」

「……静かにしてください。目立ちたくありません」

ヨナさんに叱られ、俺達三人はそそくさと隊列を戻した。王都で身元を知られなくないらしいヨナさんを取り囲むようにして進んでいく。

「繰り返しになりますが、確認の為にもこれからの事を復唱します。まずは王城の近くにある警備砦《けいびとりで》に向かい、ナ・カハールと接触できないか相談します。その後はどうするのですか？　ノレムさん」

「え？　ええっと、もしナ・カハールさんと接触できたらそのまま相談する。で、顔が広い彼ならアル・ゴーシュ、もしくはゴーシュの名を持つ貴族か誰かを知っているかもしれない」

「正解。では、もしナ・カハールと接触できなかったら？　フェミルさん」

「十年前に開かれた王都の晩餐会の関係者を片っ端から調べる、ですよね。その頃なら戦争終結後の可能性があって、もしそうなら晩餐会が大々的に開かれているはず。と、ヨナさんが言っていました」

「正解。では、それで一人も見つけることができなかったら？　メイプルさん」

「……西方諸国で当ても無く探すしかねえんだろ。つか、何だよこれ。先生かよ？」

「大正解です。よくできました。貴方たちには花丸をあげましょう。ところで、ついでに私たち四人にしか解らない行動を決めておきます。何かあってお互い連絡がつかない状況もあるでしょう。ここからまっすぐ高台へ行ったところに、大きな鎮魂碑《ちんこんひ》がありま す。夕方になったら、そこへ集合しましょう。もし四人がばらばらに行動する事になっても、あそこなら集まりやすいはずです」

「はあ？　なんだそりゃ？　まるでこれからばらばらに行動するって言ってるみてえだぜ？」

「……」

それきりヨナさんは黙ってしまった。何か事情があるのだろうか？　とりあえずは、当初の予定通り警備砦へと向かう。

※※※

王城へ近づく毎に物々しい建物が増えていった。その中でもとりわけ異彩を放つ建物を見た時、なぜヨナさんがこんなにも王都で落ち込んでいるのかが解った。フェミルとメイプルも同時に思った事だろう。

俺達三人の目に映ったソレは、アロイス村にあった小屋を二軒ほど縦に並べたほどの大きさの、胸から上のヨナさんがこちらをじとりとした目で見ている姿だった。それが描かれている木の板でできた看板が、施設に張り付けられていた。

「な……なんだこりゃ……？」

呆然と立ち尽くしている俺達の背中を、ヨナさんが必死に押して進もうとしているのに気が付いた時にはもう遅かった。白いローブを着込んだ男たちが数人、俺達の前でにこにこと笑っていた。

「初めまして！　私はヨナ嬢援護本隊第二副隊長のラブチュッチュです！」

「同じく、ヨナ嬢援護隊三番隊隊員のプリマッティです！」

「同じく、ヨナ嬢援護隊四番隊隊員見習いのキャッピーです！」

「「「あーっと言う間に♪　援護隊♪」」」

可愛い名前の男たちは、白いローブの上からでも解るほど筋骨隆々だった。

「え……は、はじめまして……ノレム……です……」

「はっはっは！　ヨナ嬢にずいぶん見とれていたね！　でも駄目さ！　ヨナ嬢はみんなのヨナ嬢だからね！」

思わずヨナさんを見た。黒いトンガリ帽子とヴェールで顔を隠しているとは言え、その肩はうなだれているのが良く解る。

「おい……なんだぁ？　この、悪趣味な建物は……」

「おやおや！　こちらの方はヨナ嬢の良さを解っておられないようだ。いいかい？　しっかり見るんだ。ヨナ嬢の、あの汚物をみるような目を。滾《たぎ》るだろう！　男なら！」

「アタシは女だ馬鹿野郎！」

「それは失敬！」

「なんですかここ……？」

「おや、こちらの小さなお嬢さんは知らないようだね。いいだろう！　このラブチュッチュが教えてあげよう！　ここは、ヨナ嬢を応援する施設！　そして我々は、ヨナ嬢援護隊だ！　ヨナ嬢がどこにいても支援物資を届け、つぶさに観察する非営利団体さ！」

「援護隊……？」

「そう！　援護！　事の起こりは十年前。あの戦争で先陣を切ったヨナ嬢は誰よりも美しく、エロかっ……いや、素敵だった。あのお姿を見た時に我々は、ヨナ嬢を援護しようと決めたのさ！　最初こそ少人数だったが、すぐに膨れ上がったよ。なにせヨナ嬢に惚《ほ》れている男は山のようにいるからな！」

「はあ……そういう事かよ……」

メイプルは、もう行こうぜと俺に目配せしてきた。そうだな。頭が痛くなってきた。

「む!?　どこに行く！　まだ話は終わってないぞ！　ヨナ嬢の一番いいところを言ってない！　プライドが高いエルフ族が人間族の前で歌って踊る事自体珍しいのに、ヨナ嬢は顔を真っ赤にして歌って踊って戦う賢者なんだ！　どうだい!?　エロ……いや素敵だろう!?　それに！　ここだけの話……噂だと……見られて実は興奮しているとか……ぐふふ」

「興奮なんかしてません！」

耐えきれず、ヨナさんが怒りの反論をしてしまった。自分の行動に後悔したらしいヨナさんは体を一瞬硬直させ、すぐに王城とは反対方向へと走り出した。

「い、いいですか⁉　皆さん！　さっきの話をお忘れなくー！」

ぱたぱたと走っていくヨナさんを、白いローブのヨナ嬢援護隊が目を見開いて観察していた。

「今の……天使のようなお声は……」「あの……妖艶な動きは……」「女神を思わせる……あの雰囲気は……」

三人の行動は早かった。副隊長は部下を招集し、隊員は隊長へ進言するために建物に入り、見習いは二人のサポートをして、ヨナさんを大部隊が追いかけていった。全員が集団で移動するのではなく、それぞれがばらばらに追跡している様子に、本物の何かを感じて寒気がした。

「……英雄も、辛えモンだんな」

「と言うか、ヨナさんってそんなに有名なのか……」

ふと周りを見ると、フェミルがいない事に気が付いた。さっきの集団に巻き込まれたか⁉と思ったと同時に、ヨナさん援護隊の施設正面にある一軒のお店に釘付けになっていた姿を見た。

「フェミル！　一人で行動するなよ。びっくりしたじゃないか⁉」

「あ、ご、ごめん。つい……」

そう言うフェミルが食いついていたのは、小さなネコを模した指ほどの大きさの人形だ。

その精巧さに驚くが、それはまだ序の口。その小さなネコ人形が生活する家や近隣を、そっくりそのまま小さく作り上げていた。その出来栄えは、可愛い物に興味のない俺でさえ、ため息が出るほどだった。

「はは。フェミル。お店を見てていいよ」

「え!? い、いいの……?」

そう言いながらも、フェミルの体はじりじりとお店の入口へ向かっている。

「夕方になったら、まっすぐ向かって鎮魂碑で落ち会おうな」

「うん。ご、ごめんね?」

フェミルを見届けてから、メイプルの元に戻った。

「今度はフェミルがどうかしたのかよ?」

「可愛い小物を見てるよ。夕方まで時間があるし、それまでお店を見ていいって言ってきた。フェミルはああいうのが大好きでさ。小さくて可憐な物に夢中になって、周りの声も聞こえなくなるみたいだ」

「なんだそりゃ。フェミルも成人したんだろ? もうちっと、こう、大人の行動がとれねえのかよ……」

ぶちぶちと文句を垂れるメイプルが、腕を組んでため息を漏らした。

「つうか、ノレムと二人っきりで何をすりゃいいんだよ」

「え？」

「……ん？」

一瞬の間。そしてメイプルの顔がみるみる赤くなっていく。

「お、おまっ！　また良からぬことを企んでるんじゃねえだろうな!?　ま！　まさか！　ふ、二人っきりって狙ってやりやがったのか!?　そうなんだろ!?」

「おいおい！　何を言ってるんだよ！」

「ア、ア、ア、アタシはなぁ！　軽い女じゃねえんだぞ！　ちょっと一緒に寝るのを許したからって！　勘違いしてんじゃねえっ!!」

「ま、まてまて！　それ、添い寝のスキルの話だよな!?　完全回復の！　誤解を生むような事はやめてくれ！」

「こ、これだから男ってヤツは信用ならねえんだ！」

メイプルが好き勝手な事を言って城下町へ走って消えていった。前々から思ってたけど、ちょっと自意識過剰すぎないか？　妙な思い込みをして、それを口に出すもんだから、こっちも聞いてて恥ずかしくなってくる。まあ、可愛いと言えば可愛いんだけどさ。

「さっそくみんながバラバラになっちゃったな……」

やる事もないから、とりあえず鎮魂碑を確認しに行こう。

※※※

王城へ続く道をまっすぐ進むと、脇に高台へと続く階段があり、ここからでも石碑のような物が見えた。人影もまばらで、高台に近づくほど見当たらなくなってきた。登りきると、ようやく石碑の全貌が見えた。下からでは解らなかったが、かなり大きい。石碑を上から下へ眺めていると、鎧を着込んだ人の背中が目に入った。

石碑に近づくと、どうやら両の手の平を合わせて祈っているようだ。指を組む祈り方しか知らなかったが、鎧の人に倣《なら》ってやってみた。それにしても、何の鎮魂碑なんだろう。戦争があったと言っていたから、それの石碑だろうか？

「変わっていますよね」

鎧の人が話しかけてきた。

「いつの頃からか、祈る時は手の平を合わせないと落ち着かなくなって」

鎧の人は、足の先から頭のてっぺんまで鎧で覆われている、本当の意味で鎧の人だった。顔に至っては、完全に隠れている。

「あ、すみません。てっきり、ここら辺の人は全員そうなのかなって。真似してしまいました」

「いやあ。殆どいませんよ。こんな祈り方をしてる人。でも、目の前の人はそうだったみたいですよ」

鎧の人が顔を向けるその石碑には、〈セントリアの初代王にして偉大なるセントリア一世の魂に捧げる〉と書いてあった。

「……実は、それにあやかってるだけなんですけどね」

てへへと笑い、顔がすっぽり覆われている兜《かぶと》をかりかりと掻《か》く仕草をした鎧の人が、何だか妙に近しく感じた。

「王都見物ですか？　王都の人じゃないですよね」

「え、あー……はい。いや、ちょっと違います。実は人を探していまして。もう十年も前になりますけど、王都に居たという話を聞いたんです」

「十年前……ですか。うーん。探すとなると、難しそうですね」

「そうですね。でも、元々は存在さえ知らなかったんです。だから、居てくれたってだけで救われると言うか、一人じゃないんだなって思えて」

「……お手伝いしましょうか？」

「え？　いやいや、見ず知らずの人にそんな事を頼むのは……」

「いえいえ！　僕はこう見えても王都セントリアの警備隊長でして。国の民を導くのも仕事の一つですから！……あ、すみません！　まだ名乗ってませんでしたね。うっかりしてました」

コホンと一つ咳払いをし、右の手の平を下にして左胸へと付け、敬礼を取った。

「セントリア警備隊隊長、アル・ゴーシュと申します」

「あ、どうも。俺はノレム・ゴー……え？」

ちょっと待って。今、何て言った？

第二十話

「アル・ゴーシュが見つかった？」

高台から見える王都が夕日で赤く染まる頃に、俺達は約束通り鎮魂碑へと集まっていた。

「それは……はあはあ……意外な……はあはあ」

「よ、ヨナさん大丈夫ですか？」

木の枝や葉っぱにまみれて、ボロボロのヨナさんが息も絶え絶えでしゃがみこんでいる。

「平気……です」

「あの変態集団にずっと追われていたらしいぜ」

「それは……大変でしたね……」

「本当にその人がノレムのお兄さんなの？」

「いや、それが……詳しい事情を話す前に警備の仕事に戻ってしまって」

「なんだよ。結局、警備砦に行かなきゃなんねえな」

「ここからなら近いですし、夜になる前に行きましょう」

※※※

俺達は警備砦へと向かい、改めてアル・ゴーシュと名乗る人と対面した。さっき会ったばかりの俺をわざわざ客間に通してくれる優しさと礼儀から、警備隊長を任されている理由を感じる。

「ヨナ様！　王都へ戻られたんですね！　でしたら一報頂ければよろしいのに。英雄ギルドの面々はヨナ様に会いたがっておりますよ」

「会う理由がありません。が、英雄ギルドには用がありますので後ほど伺います」

「あははは。相変わらずですね。そういうツンツンしている所が彼等には余計好ましいのでしょうね」

彼等、とはヨナ嬢援護隊の事だろう。じとりとした目がいいとか言っていたもんな。

「しかし、ノレム君がヨナ様の従者だったなんて凄いね。僕が知る限り、ヨナ様の従者は全て英雄と呼ばれているよ。きっとノレム君もそうなるんだろう。何だか運命を感じるなあ」

「いやいや！　まだ従者らしい事ができてないから、これからこれから。アルさんだって、警備隊長なんて凄いよ」

「いやいや」「いやいや」

「そうやって朝まで褒め合う気かよ？　話が進まねえぜ」

呆れた顔をしたメイプルが入口に背を預けて腕を組んでいる。メイプルは部屋に入ると必ずと言っていいほど入口付近に陣取って、決して座らない。戦士の性分なんだろうか。

「ごめんごめん。えーと、アルさん。ちょっと、都合がいいと言うか、まるで詐欺《さぎ》のようなお話なんだけど……俺の名前も、ノレム・ゴーシュって言うんだ」

「……ゴーシュ？」

アルさんは首を捻り、顎のあたりを手の甲でカチリと当てた。しばらく考え込んでいたようだが、ぽつりとつぶやく。

「人探しって……家族？　それで、その。まさか、それが僕……って事？」

「父親の遺言状に、兄妹が居る事が書かれてて。その中に、長男がアル・ゴーシュだと明記されているんだけど……」

アルさんは腕を組み、体をおかしなくらい斜めにして考え込んでいる。さすがに長考しているらしく、なかなか元に戻らない。どれくらい時間が経ったのか、ようやく元に戻ったアルさんが言った言葉は、意外なものだった。

「ごめん。覚えてない」

「え？」

その言葉に、みんなで顔を見合わせた。

「覚えていない、とはどういう意味でしょうか？」

「僕は戦災孤児でして。今から十年くらい前に拾われたんです。それ以前の記憶が無くて、名前以外何も解らない状態でした」

「え……そ、そうなんですか……」

「でしたら、育ての親からお話を伺いたいのですが」

「……すみません。ちょっと今はご紹介できないというか――」

「何だ？　もう、亡くなっちまってんのか？」

「いや、あのですね。僕の育ての親がですね。ここ一、二週間行方不明でして。はい」

アルさんはため息交じりに歯切れの悪い言葉を並べた。

「まさか、黒衣の人攫いか？」

「いやいやいや。あの人が攫われるなんてあり得ないですよ」

「その口ぶりだと、相当に腕の立つ方なのですね」

「そりゃもう。ナ・カハールさんですからね」

「え？」

「あれ？　すみません。まだ言ってませんでしたっけ？　僕の育ての親は、ナ・カハールさんです。いや、もう本当に参ってまして。どうにもあの人は英雄王としての自覚がないようでフラフラすぐにいなくなって」

「そ、そうなんだ……」

あまりの急展開に頭が追いつかない。ちらりとヨナさんを見ると、腕を組んで難しい顔をしていた。

「何だよ結局、ナ・カハール探しになるのかよ」

「ええと、すみません」

「いやいや、アルさんが謝る事じゃないよ。こっちも突然押しかけて、こんな事になってすみませんでした」

「いえいえ」「いえいえいえい」

「おめぇらは何回それやってんだ……」

「あの、すみません」

フェミルが小さく手を上げて、申し訳なさそうに言った。

「アルさん……お顔って見せられませんか？」

「あ……ごめん。こっちに引き取られてすぐに病にかかっちゃって。そのせいで顔がくずれてるんだ。ノレム君に似てるのか確かめたかったよね」

「え！　あ……ごめんなさい！　確かめたかった……と言うか、ノレムのお兄さんの顔が見たかっただけなんです」

フェミルの困り笑いのえくぼが場を和ませた……と思ったが、ヨナさんはずっと難しい顔をしている。しばらくアルさんと話したが、これ以上の収穫は無かった。俺達は夜が更ける前に宿を取り、休むことにした。

※※※

「ノ、ノレム。見えてない？」

「うん。しっかりと仕切られているよ」

その宿は運悪く一部屋しか空いていなかった。そのため俺は部屋の隅っこで、角と角に仕切り用のシーツを結んで寝る事になった。

「ほ、本当かよ⁉　アタシ達が寝てる間にそこから出たら斬るからな！　嘘じゃねえぞ！」

「大丈夫だってば……」

白いシーツからは三人の影しか見えない。ヨナさんは動かず何か考えているようで、動く影はメイプルとフェミルだろう。

「おかしい……」

ずっと黙っていたヨナさんがようやく口を開いた。

「アル・ゴーシュを探して王都へ辿り着き、奇跡的にその日に見つけ、そしてその人物は記憶をもっておらず、さらには育ての親がナ・カハールとは……あまりにでき過ぎてやしないか？」

ですます口調じゃない時のヨナさんは、自問自答している時だ。こうなったヨナさんに話しかけてもロクな返答がないので、みんなは流すようにしている。

「歪みを感じる。何かが捻《ね》じ曲げられている感覚がある。……そうだ。引き取られたのは十年前と言っていたな。ナ・カハールはなぜそんな事をした？　引き取らざるを得ない状況でなければおかしい。戦争後の、あの空白の時代に何があった？　ナ・カハールは何を知っている？」

怒涛の独り言に、みんな黙ってしまった。今日は特に凄いな。でも、確かにでき過ぎているかも。……しばらく止まないヨナさんの独り言を子守歌代わりに、俺達は眠りについた。

『睡眠学習ＬＶ７を発動します』

※※※

『お布団です』

王都までの十日間で、お布団スキルもＬＶが上がっていた。今ではお布団召喚ＬＶが７だ。この白い空間も、お布団召喚ＬＶが上がるたびに少しずつ変化が起きていた。ちょっと前から白いテーブルに白いソファが現れた。今の俺に実体は無いが、座る事もできる。そのまま背伸びをして上を向くと、蒼くてまん丸い宝石が見えた。相変わらず綺麗だな。下を向くと、これまた同じような蒼い宝石が見えた。地面が透けて見えているような感じだ。

『解説、お疲れ様です』

え。ああうん？　いつまで経っても思った事がお布団に読まれてしまうのが慣れない。

『マスターに会えて、お布団は嬉しいです』

うん。俺も嬉しいよ。

『兄妹には会えましたか？』

会えたには会えたんだけど、兄妹かどうか解らないみたいだ。記憶が無いんだって。

『お布団が確認すれば、マスターの兄妹かどうか解ります』

そうなのか？　いや、しかし目の前に突然お布団が現れたらびっくりさせちゃうな。

『そんな時は、お布団スキルの出番です』

・お布団圧縮ＬＶ１。お布団が圧縮されて小さくなります。

『お布団を、懐サイズまで小さくできます。これでお布団はマスターの側を妖精のように飛び回ります』

自分の周りを小さなお布団がクルクル飛び回る想像をした。何という不思議な光景。いよいよもって俺が何者なのか解らない感じだ。

『何か問題でも？』

え、いや、その。お布団は寝るための物であって、小さく飛び回るのはちょっと変……。

『何か、問題、でも？』

いいえ、何も問題ないです。

『マスターの懐の深さに、お布団は感動を覚えます』

何だか強引に押し切られてしまった。まあ、いいか。お布団との会話を楽しみ、一日を終えた。起きたら、もう一度アルさんの所へ行こう。

第二十一話

『マスター支援ＬＶ１が発動しました。マスターのＬＶが75に上がりました。お布団ポイント８を取得。合計24ポイントです』

目を開けると、視界が斜めに歪んでいた。部屋の角で寝たせいか、二つの壁に頭を押し付けて寝ていたようだ。お布団のおかげなのか、こんな状態でも寝違えたりしていないのが幸いだった。

『お布団で寝違えなんてさせません』

「おっ……おお。おはよう、お布団。びっくりした。まだ慣れないな」

お布団召喚ＬＶが上がる毎に、他のスキルＬＶも上がっていった。その結果、お布団通話のスキルも強化されて、今ではお布団に横にならなくても召喚さえできれば会話ができるようになっていた。もちろん、夢の中と同じように思った事も筒抜けだ。

『マスター。いつも解説ご苦労様です』

「……お布団ってたまに変な事を言うよな。妙な言葉を使ったり、俺が心の中で思った事を解説って言ったり」

『お布団はマスターの語り部の視点も解ってしまうのです』

お布団が言う事は鋭くて真理のようなものを突いてくる時もあれば、何のことを言っているのかさっぱり解らない時もある。

『それより、さっそくスキルを試してください』

「ああ、そうだな。それじゃあ……お布団圧縮！」

『了解しました』

お布団が淡い光に包まれると、みるみる小さくなった。手の平くらいの大きさになり、ふわふわと光の粒を尾に引きながら空中を舞う。

「おお！　本当に小さくなった！　しかも思ってたより全く不気味じゃない！　いや、むしろちょっと可愛い！」

『お布団は照れてしまいます』

俺とお布団の会話は、周りから見ると、物言わぬ布団に俺が一方的に話しかける危ない構図に見えるだろう。フェミル達はお布団と会話した事があるので、一応の理解を示してはくれるけど、それでも奇妙な光景なのは間違いない。

「ノレム、お布団ちゃん、おはよう」

『おはようございます。フェミル』

フェミルが仕切り布ごしに挨拶をしてくれた。お布団にも挨拶してくれるのはフェミルだけだ。お布団も挨拶をちゃんと返していた。お互い声は届いていないのに、毎朝欠かさず挨拶を交わしている。

「おはよう。みんな準備は終わった？　そろそろ仕切り布を取っても……」

ばたばたと床が鳴ったかと思ったら、仕切り布に強烈なシワが現れた。外からぎゅっと握っているらしい。

「だ、だ、だ、だめ！　まだ駄目！」

「お、おお。解ったよ」

「フェミルさん、メイプルさん。洗濯物が乾きましたよ」

「は、はーい！　ノレム！　ぜっっったいに出てきちゃ駄目だからね!?　ね!?」

「ああ、解ってるって」

女性の朝はきっと身支度が忙しいんだろう。アロイス村で一緒に過ごした時期はフェミルも俺も、起きてすぐご飯を済ませて活動していたのに。今じゃ、フェミルも立派な女性になったんだなあ。

「何着か買った方が良くねえか？　金がねえならアタシが立て替えてもいいぜ？」

「えっあっそっ、そう……していいですか……？」

「だってよお。そのうち風邪ひくぜ？　替えが無くて洗濯中はすっぽんぽ……」

「あー！　しー！　しー！」

何の会話だ？　いや、盗み聞きなんて趣味の悪い事はやめよう。支度が終わるまで、今日の目的を改めて考えておこう。アルさんをお布団が確認すれば、俺の兄かどうかが解る。どんな理屈で解るかは、正直良く解らないけど。

『お布団は、その人の魂の色で解るのです』

「た、魂の色!?　そんな事がわかるのか!?」

『マスターの親族であれば魂の色が似ています。兄妹なら、ほとんど同じですので、お布団には丸わかりなのです』

今更だけど、お布団って何なんなんだろう？

※※※

「おはようございます。ノレム・ゴーシュと申しますが、警備隊長のアル・ゴーシュさんはいらっしゃいますか？」

ドン！　と音が響くほど右手で左胸を叩いて、警備砦の兵士は奥へと引っ込んでいった。しばらくして、向こうからガチャガチャと音を響かせて戻って来た。

「アル隊長の言葉をそのまま伝えます！　やあ、みなさん。おはようございます。ごめんなさい！　今ちょっと手が離せなくて、会議室から出られないです。そこで話しても問題無いなら、入って来ても大丈夫ですよ。だ、そうです！」

何かあったのだろうか？　忙しそうなら日を改めようかな。皆と相談しようかと振り返ると、ヨナさんがずんずん進んでいった。

「行きましょう」

ヨナさんは、どうもアルさんをキナ臭いと感じているらしい。そうかな？　裏表もなさそうないい人に見えるんだけどな。俺達はヨナさんの後を追った。

「やあ、みなさんおはようございます」

「おはよう、アルさん」「おはようございます。アルお兄さん」「うす」「それで、何か起きたのですか？」

三者三様の挨拶を交わして、椅子に座った。

「ついさっきの事なんですが、ナ・カハールさんの情報を得たんです！」

アルさんが王都の地図や、その一部を詳細に記した物を机に広げた。あからさまに怪しむヨナさんだったが、あえて否定せずにアルさんの話に食いついていく。

「どのようなものですか？　詳しいお話を聞かせてください」

ヨナさんが一瞬だけ俺達に目配せした。それはある作戦を始める事を意味していた。ヨナさんが前かがみになって地図を覗く。その横にメイプルとフェミルが立って、思い思いに行動する。俺は皆の後ろに立って、首から上だけがアルさんから見えるようにした。これなら、お布団召喚の光も解らない。ヨナさん曰く、お布団スキルを無暗に人前で晒すのは避けた方がいいとの事だった。特にアルさんに対しては。なぜそこまで疑うのかちょっと疑問だが。

「……お布団……」

床にお布団が現れた。光は見えていないだろうか。

「……お布団圧縮……」

淡く光り、手の平の大きさに圧縮され、俺の懐に入って来た。あとは思うだけで意思疎通ができる……こんな面倒な事をしなくても、お布団を召喚してから呰に入れることが出来れば良かったけど、それは不可能だった。俺がお布団に乗って移動する事はできても、俺とお布団が離れた状態で移動するにはお布団魔法ＬＶが足りないそうだ。お布団を召喚した位置から俺が離れていないので、小さなお布団が俺の周りを飛ぶことができるだけだそうだ。

『何度もお布団を召喚して、召喚ＬＶを上げましょう』

そうだな。……で、どう？　解る？　この人は……アルさんは、俺の兄なのか？　俺はお布団の言葉を待った。いつの間にか心臓の動きが速くなり、汗がじんわりと滲み出ている。

『はい。この人は、マスターの兄です』

……やっぱり、そうなのか。俺は改めてアルさんを見た。この人が、俺の兄。残念なのは記憶が無い事だけど、それは俺も同じだった。アロイス村以前の記憶が無い。父親の顔はおろか、兄妹がいた事さえ覚えていなかった。そのせいで、目の前の人が兄だと解っても、実感が沸かない。それでもこの人は、俺の一番上の兄。アル・ゴーシュなんだ。

『いえ、アル・ゴーシュではありません』

……

「へあ!?」

思わず素っ頓狂な声を上げてしまった。みんな俺を見ている。

「あ、ご、ごめん！　大丈夫！　しゃ、しゃっくりがね。へあっ！　出ちゃって」

子供のような言い訳をして、その場を何とかやり過ごした。いや、ちょっと待てお布団。今なんて言った？

『あの人は、アル・ゴーシュではありませんが、マスターの兄妹です』

じゃあ、誰なんだよあの人！　他の兄妹なのか？　何でアル・ゴーシュの名前を騙《かた》ってるんだ!?

『真意までは解りません。しかし、お布団は魂の色で解るのです。あの人は、エルド・ゴーシュかダリア・ゴーシュの二人のどちらかです。もしくは……』

お布団の言葉を待ったが、一向に出てこない。もしくは、何なんだ？

『お布団の考えすぎです』

か、考えすぎ……？　何だよ、お布団。何だか今のお布団、変だぞ？

『お布団はマスターに関する事なら解りますが、それ以外だと干渉する権限が無いのです』

うーん。参ったな。良く解らん。


「……――という事なんです」

お布団との会話を終えた頃、ヨナさんとアルさんの会話が聞こえてきた。

「それでは、貧民街を調べましょう」

「すみません。僕はちょっと手が離せなくて……」

アルさんとの会話を総括すると、数日前に王都の貧民街でナ・カハールらしき人物が目撃されたらしい。ヨナさんはこの情報も怪しく感じているだろう。しかし他の手掛かりが無い以上、乗っかるしかない。会議は終了し、これから貧民街へ向かう事になった。

「ノレム君」

会議室を出る前に、アルさんは俺を呼び留めてゆっくりと歩いてきた。

「さっき、ヨナ様からノレム君の事情を詳しく聞いたよ。僕には確かに記憶は無いけど、この生活に不自由は無かった。だから、その……何て言っていいのか……せっかく兄妹らしき人を見つけたって言うのに……申し訳ない」

アルさんは、また鉄仮面をぽりぽり掻く仕草をした。最大限、気を遣ってくれているのだろう。

「アルさん……」

「いえ、謝らないでください」

「ナ・カハールさんさえ見つかれば、きっと解るよ。と言うか、ごめん。育てられた僕こそが、矢面に立って探さないといけないのに、全体の警備とか、書類仕事とかがあって、王都から動けないいんだ」

「大丈夫ですって」

「本来はナ・カハールさんの仕事なんだよね。ナ・カハールさんを探しに行きたいのに、そのナ・カハールさんの残した仕事のせいで、砦からほとんど出られないいんだ。まるで……狙ったみたいにね」

アルさんの声がどんどん低く落ち込んでいく。

「これから言う事は……ただの戯言《ざれごと》だと思ってくれていいよ。でも、ノレム君にはどうしても伝えなきゃいけないって思ったから」

陽気で明るいアルさんが、歯切れが悪い言葉を並べる。ただならない雰囲気が伝わって来て、緊張してきた。

「…………ナ・カハールさんには、気を付けて」

「え。それって、どういう?」

「いや、ごめん。やっぱり忘れて。そんなわけ無いから」

挨拶もそこそこに、警備砦から出た。太陽の照り付けが強い事に気づいて、春をすっ飛ばして夏が来たのかと驚いた。

「ノレム」

声のする方を見ると、フェミル達が砦の入口でずっと待っていてくれたらしい。

「どうだった?　アルさんは、お兄さんだった?」

「あ、ああ。兄妹だって……」

しかし、アル・ゴーシュじゃないとお布団が言った事は黙っていた。いたずらに混乱をさせるだけだろう。

「良かったね!　ノレム!　お兄さんだよ!」「へえ。本当に兄妹だったのか。言われてみりゃ何となく似てるような気もするぜ」「……とりあえずは、おめでとうございます」

みんな思い思いの祝福をくれたが、俺は複雑だった。

「これから貧民街を調べます。恐らく、罠でしょうが」

「か、考えすぎなんじゃないですか……？」

「アタシもそう思うぜ。あの全身鎧はそんなタマに見えねえ」

「……」

貧民街に向かう途中、もう一度お布団を召喚して聞いてみた。どうしても、あんな悪意の無い人が正体を偽っているとは思えなかった。

『マスターの兄妹ではありますが、アル・ゴーシュではありません』

「間違いは無いのか……？」

『それと、マスターに忠告します。アル・ゴーシュの言っている事は、全て嘘です』

その言葉に、俺は全身が凍り付いた。

『お布団には魂の色で虚偽《きょぎ》が解るのです。嘘をつくとき、魂は汚れます。あのアル・ゴーシュは、終始汚れていました。感情さえも偽りです。唯一の本心は〈王都から動けない〉だけでした』

「……本当に、嘘をついているのか？　あんないい人が」

『確実です』

何の確証も無しに、淡々と俺の兄妹を断ずるお布団の言葉は、あんなにも癒されたお布団の声は、今の俺には胡散臭《うさんくさ》いものに聞こえてしまっていた。

第二十二話

俺の複雑な心情に関係なく、ナ・カハールの捜索が開始された。アルさんによると、貧民街で目撃されたらしい。

「で、どうやって貧民街で探すんだ？　一人一人聞いて回るとか言うなよ」

「問題ありません。ノレムさん、協力して頂けますか？」

「え？　ええ。もちろん大丈夫ですけど」

ヨナさんが杖をクルクルと回し、呪文を詠唱している。何をする気なんだろう？

「魔法空腹夕餉香《グーグースメル》」

紫の光が俺の体を包み、消えていった。ヨナさんがそれを確認し、懐から布に包まれた物を取り出した。布を丁寧《ていねい》に開いていくと、黒い短刀が現れた。

「嗅いでください」

言われるがままにそれの匂いを嗅いだ。特に何も感じない。何の意味があるんだろう？

顔を上げると、もやもやとした紫の光がヨナさんの横を通り過ぎているのが見えた。

「え!?　な、なんですか、これ？」

「ナ・カハールの匂いを可視化させました。離れた魔物も匂いで感知できるほど感覚が鋭くなったノレムさんなら、もしやと思いましたが……成功したようですね」

「み、見えます！　これ、ナ・カハールさんの匂いなんですか？」

「正確にはその人が有する魔力、その欠片である魔素です。詳しい説明をしますか？」

「い、いや、今はいいです」

難しそうな話題を逸らし、空中に漂う紫の光を見た。目の前まで近づいて触ろうとするが、手ごたえが無い。光はずっと向こうまで続いているようだ。これを辿った先に、ナ・カハールさんがいるのだろうか。

「じゃあ、俺が先導します。みんな付いて来て」

貧民街を縦横無尽に走る紫の光を追っていくと、王都の外れにある下水道の入口へと辿り着いた。奥の方が真っ暗で何も見えない。いかにも危険な気がする。

「下水道……って、本当にこんなとこにいるのかよ？」

「少なくとも、匂いはこの中へ続いているみたいだけど」

「ならば、進みましょう」

「は、はいっ！」

フェミルの返事で我に返った。この中に連れていっていいのか？　フェミルの剣聖というスキルは長年かけて磨くものだそうだ。今すぐに強くなることはないらしい。今のフェミルは、ただの女の子だ。どうする……？

「ノレム」

フェミルは上目遣いで、大丈夫と頷いた。少し震える体を抑えて、必死に取り繕《つくろ》っていた。

やっぱり駄目だ。フェミルは宿で待ってもらおう。そう言おうとした俺を遮《さえぎ》り、ヨナさんがフェミルの前に立った。

「では、フェミルさん。今から現れる魔物は貴女が全て倒してください」

「えっ……！」

「な!? ヨナさん！ 無茶です！ フェミルはただの女の子ですよ！」

「フェミルさんはお布団の添い寝スキルによりＬＶが上がっています。すでに、並の傭兵より実力は上でしょう。それ以降は自主訓練を重ね、体の動きを理解していったはずです。後は実戦経験を積んでください」

「え!? い、いやいや、そんな……だって、フェミルだぞ!? メイプル！ なあ!?」

「ノレムはぐっすり寝てるから知らねえだろうが、アタシとフェミルはずっと早朝稽古をしてたんだよ。剣の才能があるのは嘘じゃねえな。上達具合が半端ねえ。アタシをあっさり超しちまいそうだよ」

「い、言いすぎです！」

顔を赤らめて俯くフェミルと、二人が話す内容があまりにもかけ離れていて混乱する。

「それじゃ、気張れよ」

メイプルが腰に付けた短剣をベルトごとフェミルに投げ渡した。フェミルはそれを受け取ると、慣れた手つきで巻き付けていく。最後にポケットから革の手袋を取り出して嵌《は》め、ぎゅぎゅっと指を動かし、具合を見ている。白いシャツに薄手のカーディガンを羽織り、足の脛《すね》まであるロングスカートの姿はどう見てもただの村人だというのに、腰にある厳《いか》つい短剣のせいで違和感が凄い。

「ほ、ほんとうに大丈夫なのか……？」

フェミルはいつものえくぼを見せて、恥ずかしそうにはにかんだ。

「信じてるから……」

「……！」

俺は気を引き締め、下水道の奥へと進んだ。

※※※

異臭が満ち、湿気が立ち込めている。そして暗かった。殆ど何も見えない。水たまりを踏む音だけが響いている。これでもし魔物が現れでもしたら、さすがに不味い。でも、フェミルは俺を信じてると言ってくれた。危険になったら、すぐに助ける。傷一つ負わせない。絶対に……！

「魔法冷光酵素《ブラックライト》」

青い光がヨナさんを包み、杖をクルクル回すたびに周辺が照らされていく。下水道の中が青い光で埋め尽くされて、まるで昼間のように鮮明になった。

「私たちの周辺に青い光を照らしました。これで問題ありません」

青い光の中でも、ナ・カハールさんの匂いであろう紫の光はくっきりと見えた。

「なあヨナ。おめえ、歌って呪文を唱えてる時と、何もしないで唱えてる時があるけど、その差は何だ？」

メイプルの質問に、ヨナさんはバツが悪そうな顔をした。

「……先を急ぎましょう」

「本当は歌わなくても魔法を使えんのか？　もしかして、好きで歌ってたりしてな」

「……小声で、歌っています。貴方たちに聞こえない音量で」

顔を紅潮させ、じとりと見るその目は、ヨナ嬢援護隊の施設に張り付けられた看板を思い出させた。全く関係の無い話をしているメイプルを見て、彼女なりにフェミルを落ち着かせようとしているのだと思った。さすが、雷姉貴だ。

※※※

俺達はナ・カハールさんを追いかけて下水道の奥へと進んでいった。今のところ魔物らしい魔物は現れない。このまま何も無ければいいんだけど……そう思っている時に限って、悪い事が起きる。

「アンデッド……！」

規則的な衣擦れの音。そしてなによりこの吐きそうな匂い。間違いなく、アンデッドが前方の角を曲がった所にいる。

「間違いありませんか？」

「はい……！　でも、どうして王都の下水道にアンデッドが⁉」

「死体と周辺環境の条件さえそろえば、低級の悪霊が憑りつき動く屍《しかばね》と化します」

「フェミル、どうだ？　いけるかよ？」

「……は、はいっ！」

とうとうこの瞬間が来た。メイプルに稽古をつけてもらったとは言っていたが、まだ日が浅いんじゃないか？　本当に大丈夫なのか⁉

「おーーーーい！　アンデッド野郎〜〜〜！」

メイプルの大声に、奥のアンデッドが動き出す音が聞こえた。……⁉　他にも音がする。同じような衣擦れの音――！　不味い！　アンデッドは一体じゃない！「俺が……」そう言いかけたが、メイプルが口に指を一本当てて制した。あまりにも真っすぐに見つめてくるその目は、フェミルを信じろと言わんばかりだった。

「すうっ。ふぅー」

フェミルは呼吸を整えている。もうアンデッドが目の前だ。どうする⁉　本当に何もしなくていいのか⁉　アンデッドがフェミルにあと半歩の距離に近づいたその時、アンデッドの首が飛んだ。

背の低いフェミルは、体を空中で回転させながらアンデッドに一撃を与えていた。地面に着地すると同時に、くるくると回転してアンデッドの後ろに回り、その回転の勢いのまま両足を切り付け、アンデッドを仰向けに倒した。トドメとばかりに胸の中心に両手で刃を突き立てる。

フェミルはすぐに体勢を整え、続くアンデッドの攻撃に備えた。フェミルを捕まえようと伸ばす両腕を素早く切り付け、使用不能にした。攻撃手段が噛みつきしかなくなったアンデッドは、自ら首を伸ばしてフェミルに近づく。さっきと同じように首が飛んだ。最後のアンデッドは、フェミルが自ら近づいて仕留めた。

「……え？」

てけてけと帰ってきたフェミルは、いつもの笑顔を見せてくれた。

「やるじゃねえか。でもアンデッドにゃ心臓を貫いても効かねえ。狙うなら足だ。ただし首を落とした後に斬っても意味はねえぞ？　首を断ち切る力が残ってりゃいいが、複数相手ならまずは行動不能にするのが先だ」

「はいっ！」

メイプルの助言を聞いたフェミルが俺に近づいて来て、上目遣いで顔を赤くしていた。

「ノレム、信じてくれてありがとう」

……え？　信じてる、って、俺が加勢しなかった事を？　いざとなったら俺が助けるって事じゃなくて？……あ、あのフェミルが……優しくて……可憐で……小さな勇気を振り絞って不良たちの前に立つあのフェミルが……何の躊躇《ちゅうちょ》も無くアンデッドの首を刎《は》ねてまわった。仕舞いには、私の力を信じてくれてありがとうって、メイプルみたいな事を言っている。俺は、幼馴染のあまりの変貌ぶりに頭が真っ白になっていた。ただでさえ、アルさんの事でお布団との間に距離を感じているのに。今度は幼馴染の変化についていけない。

※※※

「……」

放心状態でしばらく歩いていると、紫の光が強くなった事に気がついた。頭を切り替え、周囲を観察する。何かの音がしたので耳を澄ますと、話し声のようなものが聞こえてきた。

「……皆、静かに。前の方に誰かいるかも……」

慎重に話し声の方へと歩いていく。紫の光はどんどん強くなる。通路の壁伝いに歩き、曲がり角から半身をずらして様子を伺った。そこには、金髪の……恐らく男性の後姿と、上から下まで猫背で、全身真っ黒いローブ姿の人が何かを話している。紫の光は金髪の男性へと続いていった。俺は振り返り、ヨナさんたちに報告した。

「……見つけましたよ……！　多分、あれがナ・カハールさん……」

「呼んだかい？」

自分のすぐ後ろで声がした。ぎこちない動きでゆっくり前を向くと、目の前に金髪で薄茶色の瞳をした柔和な表情の男性が立っていた。

「う、うわあ！」

俺は思わず尻もちをついてしまった。髪と服装から、間違いなく全身真っ黒の人と会話していた人だ。しかし、かなりの距離があったはず。あそこから、音も無く一瞬で近づいたって言うのか⁉

「グレイ」

金髪の男性は、手を前に押し出し首を振った。妙な寒気を感じて、押し出した手の向こうを見るといつの間にか、すぐ側に銀髪で細身の大男が腰を落として剣を構えていた。その剣の大きさは、構えている大男と同じほどの背丈があった。左目が長い髪に隠れているが、残った右目の眼光は鋭く、今にも剣を振ってきそうな気迫がうかがえる。

「お前の敵じゃないのか？」

「よく見ろ。ヨナ様がいるだろう」

「む……」

グレイと呼ばれた人物は、まじまじと俺達を見て、フェミルの前に跪《ひざまず》いた。

「ヨナ様、ご無礼を」

「グレイ、違う。この人この人。何度も会ってるだろ。どうして顔を覚えないかなあ」

「お前以外に興味が無い」

「はっはっは。それはそれは。熱い友情で涙が出るよ」

突然現れた金髪の男と、細身の銀髪大男のやり取りに、俺は呆気に取られた。

「……ナ・カハール」

「ヨナ様、久しぶり」

二人は顔を見合わせていた。何だか間が長い。さっきの寒気とは違う不穏な気配を感じ、後ろを確認した。メイプルがグレイと呼ばれた男を見て邪悪な笑顔を作っている。ゆっくりと手を剣の方へ持っていこうとしているのが見えて、すぐにその手を握って止めさせた。

「な⁉　なんだ⁉　お、おいなんだよ⁉　こ、こ、こ、こんな時に！　馬鹿かおめえは！」

また何か、あらぬ誤解をしているらしい。無視無視っと……今度はさらに後ろから強烈な寒気を感じた。いや、待て。この感じ、どこかで体験した事がある。どこだったか……？

確か、最初にヨナさんと二人で旅をしている時に感じたような気がする。ゆっくり振り向くと、フェミルが視線を落としたのが見えた。……ん？　フェミル？

「こんなところで会うなんてね。どうかしたのかい？」

「ええ、実は……」

そう言いかけて、二人が何かに気づいた。遅れて、俺も理解する。何故だ⁉　さっきまで、周辺には魔物は一匹もいなかったはずなのに！

「アンデッドだね。何だか妙に良く出るなあ。グレイ、後ろは任せていいかな？」

「無論」

通路と言う通路から、アンデッドが溢れ出てきた。十、二十じゃ済まない！　挟まれてしまった！　俺が構えようとしたその時に、すぐ隣から突風が舞い上がった。そして、赤い光が一閃。前方にいたアンデッドの数十体が一瞬にして塵《ちり》になった。

「魔命断ち……」

グレイと呼ばれる大男の小さな呟きが妙に響いた。その光景に思考が止まりかけたが、反対方向からも襲ってくるアンデッドに対抗しようと顔を向けた時に、全ては終わっていた。

「光剣《こうけん》・二十三振り」

数十体のアンデッドがほとんど同時に、縦に真っ二つになり沈んでいく。その中心に金髪の男性、ナ・カハールが光り輝く剣を握って立っていた。

「それで、話はなんだっけ？」

柔和な顔から想像できない程の強さ。俺はアルさんの、ナ・カハールには気をつけろという言葉を思い出していた。

第二十三話

「う、うおお！　うおおおおおおおおお!?」

メイプルが雄叫びを上げながら走っていた。そのすぐ後ろにはアンデッドがいる。それも、一体や二体じゃない。倒しても次から次へと現れるアンデッドは、いつしか下水道の床から天井までみっちりとうず高くそびえ、アンデッドの壁となって俺達に迫っていた。

「メイプル！　急げ！　雷速で切り抜けろー！」

「お、おう!!」

冷静を取り戻したメイプルが、瞬く間に俺の横へと移動した。いくら雷姉貴でも、あんな異常な量のアンデッドにはさすがに驚いたらしい。

「いやいや。これは参ったね。いくら何でもキリがないね」

ナ・カハールが、ちっとも参っていない声で俺のすぐ後ろを走っている。

「お前の敵は俺の敵だ。アンデッドが無尽蔵に出るなら、我も無尽蔵に戦うまで！」

滅茶苦茶を言っているグレイは、ナ・カハールのすぐ後ろにいるらしい。

「いやあグレイ。さすがに面倒くさいから、ここは逃げよう。お腹も減っちゃったしね」

「お前が逃げるなら我も逃げるまで！　お前の腹が減るなら我も減るまで！」

何だか妙なコンビだ。前を見ると、ヨナさんを先頭にその背中をフェミルが追っている。メイプルはともかく、あの二人も何気に体力がある……とは言え、徐々に速度が落ちてきた。逆に、アンデッドの壁の速度は速くなっている。

「ナ・カハールさん！　このままだと追いつかれそうです！　何とかなりませんか⁉」

「そうだねえ。僕じゃちょっと、相性が悪いかなあ」

相性とか何とか言ってる場合か！　グレイ……はきっとナ・カハールの言う事しか聞かなそう。言うだけ無駄か。……仕方ない。ヨナさんには注意されたけど、死ぬよりマシだ。俺は全速力で走り、一気にヨナさんとフェミルを追い抜いた。しばらく走ったところで、床に膝をついた。

「お布団！」

光の粒が集まり、空中に浮かぶお布団が現れた。

「もう一つ！　お布団！」

俺の声に反応し、二つ目のお布団が現れた。俺は最大戦力になってアンデッドの壁を抑え込もうと思ったが、何となくあの二人に切り札を見られるのが不味い気がした。なら、手の部分だけにする。

「お布団圧縮！　そしてお布団領域変更！　領域は、俺の両手部分！」

『了解しました』

お布団は光の粒となり、俺の両手にすっぽりと収まった。お布団通話を取得した時に感じた事があった。確かにお布団の力で命は救えたけれど、もしあの時、黒衣の人攫いが逃げずに襲い掛かってきたら、俺達はどうなっていたんだろう？

お布団の力で簡単にやられたりはしないだろうけど、俺はただ素手で殴るだけしか攻撃手段を持っていない。王都へ行くまでの道で投石攻撃を覚えたけど、あんな不安定な攻撃方法に頼るわけにはいかなかった。

そこで、お布団そのものを武器のように扱えないだろうかと考えた。いつでもどこでも呼べて、寝るだけで完全回復できる上に力の補助まで可能で、おまけに武器として使えるならこれ以上の事はない。お布団に相談したが、お布団自体に攻撃力は無いので俺の工夫で何とかするしかないと言われた。そこで毎日うんうん唸って考え、四つのスキルを取得した。

一つ目は、・お布団領域拡張ＬＶ１。お布団の大きさが変化する。領域を指定すると、その通りに納まるものだ。三角形に指定すると、その形のまま、お布団の形が変化する。お布団の大きさを変えたくて取得したけど、このスキルでは無理だった。しかし、この問題は後に取得した、どこまでも小さくなるお布団圧縮で解決した。

二つ目は、・お布団召喚ＬＶが上がって覚えた、材質変更ＬＶ１だ。これは、名前の通り、お布団の材質を様々な物に変更する事ができる。このスキルを取ったのは正直なんとなくだったが、大当たりだった。高級羽毛布団から、サテン、シルク、バンブー、果ては氷などどかなりの種類に変更できる。中でも、鋼鉄に変更できたのが予想外だった。お布団曰く、本来なら鋼鉄の骨組みの上にお布団が敷かれて一対という仕様らしい。骨組みではなくお布団の方を鋼鉄に変化させるのは反則だが、できてしまったので仕方がないとの事だった。

この時点で俺の頭にはとある構想が湧いていた。そうなるように三つめのスキル、・お布団買い替えＬＶ１を取得した。これは、超がつくほど大当たりだった。現時点で、これは俺の切り札として誰にも見せないようにしている。

最後にお布団から勧められた全ポイント消費スキル、お布団購入ＬＶ１を取得。まさかの二つ目のお布団に、胸が熱くなった。これなら、俺の考え以上の事ができる。それが……今だ！

「お布団！　最後に材質変更！　高級羽毛布団から、鋼鉄に！」

『了解しました』

両手のお布団が、黒光りする鉄拳と化していく。俺は両拳を叩き鳴らし、感触を確かめた。片手だけでも鉄拳にできないかと考えていたが、まさか両手を変更できるとは思えなかった。よし、いける！　準備が整ったとほぼ同時に、ヨナさん達が近づいて来た。

「……ノレムさん⁉」

「俺が食い止めますから、その間に入口へ戻ってください！」

ヨナさんは一瞬顔を曇らせたが、小さく頷いた。フェミルは不安そうな表情で走り去った。

メイプルやナ・カハール達が俺の横を次々と通り過ぎ、目の前にアンデッドの壁が迫って来た。俺は思いっきり体をねじり、不格好な大振りで拳を全力で突き出した。

「お布団領域最大拡張！」

鉄拳が当たる瞬間、鋼鉄のお布団がアンデッドの壁の二分の一くらいに広がった。アンデッドもさすがに鋼鉄の壁には勝てなかったようで、大穴が開き進行がピタリと止んだ。

「よし！」

大穴の向こうからアンデッドが大挙して来るのが見えて、本当にキリがないのかと戦慄した。どうしてこんなにいるんだ⁉　さすがに異常すぎる。俺は念入りにアンデッドの壁を破壊して、来た道を戻っていった。まだナ・カハールの匂いが見えててよかった。

※※※

「ふあーーーーびびった……」

無事に貧民街へと戻り、地べたにメイプルが大の字で寝ていた。下水道からアンデッドが溢れるんじゃないかと構えていたが、そんな事は無く、音も気配も匂いも無くなった。訳が解らないが、俺達は胸を撫でおろした。そんな中でも、ヨナさんは平常運行だ。ぶつぶつ独り言を言い終えると、ナ・カハールに向き直った。

「ナ・カハール。もしや、これは……」

「ヨナ様、お腹空いてない？　御馳走したいんだけどな」

真面目なヨナさんに対して、飄々《ひょうひょう》としているナ・カハールは水と油のように思えた。

「……」

ヨナさんはそれ以上何もしゃべらず、目を伏せた。そんなヨナさんの顔をにこにこしながら見ているナ・カハールの姿を見て、以前ヨナさんの従者だったという話を思い出した。あまり仲が良さそうには見えないけど。俺の疑問をよそに、ナ・カハールが近づいて来た。

「君、凄いね。何だい？　あの力。おっと、自己紹介がまだだったね。僕の名前はナ・カハール。呼び捨てでいいよ。最初にこれ言っとかないと、僕を呼び捨てにした人にグレイが斬りかかっちゃうからね」

唇をへの字に曲げたグレイが俺を睨みつけている。怖すぎだろ、この人⁉

「ええっと……よろしくお願いします。俺はノレム・ゴーシュです」

ゴーシュの言葉に、ナ・カハールが目を一瞬だけ見開いた。やはり、この人は何か知っているのか？

「あ、あの。不躾《ぶしつけ》なんですけど、貴方はアル・ゴーシュさんの育ての親なんですよね？　俺の父親の遺言状に、アル・ゴーシュという兄がいるって書かれてて。それで王都で会ったんですけど、覚えていないんだそうです」

「……」

今度はナ・カハールが黙ってしまった。

「貴方は、何か知っているんじゃないですか？　もし、そうなら教えてください！　アルさんはどこの生まれとか、誰が父親なのかとか……」

長い沈黙の後、ナ・カハールは少しため息をついた。

「君は、どうして自分がノレム・ゴーシュだと？」

「幼いころに持っていたハンカチに縫い付けられていたそうです。もうどこにいったのかは解りませんが……」

と、そこまで言ってよく考えたら、そんなハンカチを持っていたところで、俺がノレム・ゴーシュだと証明できない事に気が付いた。まだ物心つかない俺が落ちているものを拾っただけ、という可能性もある。その矛盾を突いてくるであろう反論を予想していると、意外な言葉が聞こえてきた。

「……そうか。彼が遺した…………ハンカチか……」

柔和で飄々としていたナ・カハールが寂しそうな顔で空を見ていた。

「すまない。悪いけど、日を改めてくれないかな。うまく説明できるのか自信が無いんだ。それに……今夜はどうしても外せない用事があってね。でも、明後日には必ず話すよ」

「……解りました……」

改めて会う日時を約束し、その場は解散となった。初対面の印象とは一転し、落ち込んでいるように見えたナ・カハール。英雄王に最も近いと言われ、一息でアンデッドを数十体も瞬殺できる男の背中が、妙に小さく感じた。

俺達はとりあえずの成果を得て、宿へと戻った。さすがに疲れたのか、仕切りのシーツ越しにみんなの寝息がすぐに聞こえてきた。俺は妙に眼が冴えて眠れなかった。このままでは睡眠不足LV1が発動してしまう。そんな状況でも眠れない。

「……ん？」

深夜で感覚が鋭くなっているせいか、窓の外に気配を感じた。ゆっくりと覗くと、鎧の肩が見えた。

「……え？……アル……さん？」

「しっ……！」

そこにはアルさんがいた。ここは三階だというのに、どうやって登ったのか。今日の疲れもあってぼうっとしていると、アルさんは周りをキョロキョロと警戒し、俺に耳打ちしてきた。

「こんな深夜にごめん。でも、緊急事態なんだ。僕じゃ……どうしようもない。ノレム君の力を借りたい」

声が震えている。一体、どうしたんだ？

第二十四話

「時間が無い！　ノレム君、急いでくれ！」

俺とアルさんは深夜の王都を疾走し、城へと目指していた。突然の来訪に驚いたが、事情を掻《か》い摘《つま》んで説明してくれたアルさんによると、王城に賊が現れたらしい。普段なら、ネズミ一匹通さない王城の警備だが、相手が警備隊の戦力より遥かに上で、太刀打ちできないという事だった。しかし、問題は賊の戦力じゃなかった。誰が、賊なのか？　だった。

「……何かの間違いじゃ……」

「そうなら、どれだけいいのか……！」

王城へと素早く移動し、アルさんに案内されて裏口から城内へと入った。そこは――地獄だった。人らしき物の断片が、一面へ乱暴にまき散らされていた。床はえぐられ、破壊の限りを尽くしていた。だと言うのに、恐ろしい程に無音だった。俺はこれが現実かどうか解らなくなっていた。睡眠不足スキルの幻覚だと思いたかった。しかし、五感が鋭くなった俺は、この、どうしようもないほど生臭い血の匂いが現実であると思い知らされていた。

「……ケイン……！　カネストル………！」

アルさんは、床にばらまかれた物に向かって小さく叫んでいた。恐らく、これは……アルさんの部下……！

「……行こう。ノレム君。王が、危ない……！」

「……はい」

アルさんが説明してくれた事は、こうだった。

※※※

「王政……転覆？」

「彼らは、王政が不要だと考えている。政治も、国民が考えるべきだと」

「……う、ううん……？　そ、そうなんだ……」

「いや、ごめん。ノレム君は王都の人じゃなかったね。簡単に言うと、この国は王が一番偉くて、最下層にいるのが国民で、富は上から順にしか懐へ入らないんだ。それが、おかしいって言っているんだよ。みんなが平等に生きるべきだと。気持ちは解るけど、いかにも平民出の英雄が考えそうな事だよね」

「英雄……？」

「首謀者は……ナ・カハールさんだ」

ナ・カハール？　彼が王政転覆を狙っている？　下水道で会ったナ・カハールの印象は確かに良くは無いが、そんな大それたことをする人物には思えなかったが……

「僕だって、信じたいさ。……いや、誰よりも僕が、ナ・カハールさんを信じている。でも、調べれば調べるほど疑う要素が濃くなっていった。例えば黒衣の人攫いが現れた時期と、王都を留守にする時期が重なっていたり、十年前の戦争から一気にこの国の中枢へ入り込んでいたりとか、怪しいと思えば全てが怪しい行動に思えてくる……でも」

一刻の猶予も無い状況だと言うのに、アルさんがそこだけは言葉に詰まった。

「僕は……この国を守らなきゃいけないから……！」

その言葉の裏に隠されたものを感じた。彼は未だに葛藤している。信じたい気持ちと、国を守るために不穏分子を早急に対処しなければならない自分の立場の間で揺れているんだ。

※※※

床に広がる血だまりから、足跡が伸びていた。それは、地下に繋がる階段へと続いていた。

「地下……？」

アルさんは小さく呟くと、何かを考え込んでいるようだ。

「王の寝室には、英雄ギルドの二人が警備をしている。ナ・カハールさんがいなくなってから、念のために依頼しておいたんだ。……最も、英雄ギルドそのものがナ・カハールさんの傀儡《かいらい》だったら、もう終わりなんだけど」

「だ、大丈夫なんですか⁉」

「ここは信じるしかない。それに、そうだったら今更何をしようが王はもう捕らえられているよ。さすがに殺しはしないだろうけど……それより、足跡を見てくれ。地下へ続いているんだ。どうして……」

「王は地下にいる……わけないですよね」

「何だ……？　何をする気なんだ？　ナ・カハールさん……！」

消え入りそうな声で呟くアルさんと俺は、地下へと続く階段を降りていった。そこは、今ではもう使われていない監獄へと繋がる道しかないらしい。しばらく進んでいると、何かの物音に気が付いた。

「アルさん……音がする……向かって二時の方向だ」

「本当に？　そこは……看守長の部屋だけど……何もない部屋だよ？」

小声で相談しながら、部屋の前まで移動した。やはり衣擦れの音がする。規則的でない素早い動き。生身の人間だ。アルさんに頷き、ゆっくりと扉を押す。ずっと使われていないせいか、扉は大きな音を響かせて開いた。

「……グレイ……さん？」

後姿でも解る銀髪の大男が、部屋の中心で仁王立ちしていた。黒い床を踏み鳴らしながらゆっくり振り返ると、下水道でも見たあの眼光のまま俺達に敵意をむき出していた。その姿に、アルさんが無言で剣を抜いた。

「グレイは……ナ・カハールの右腕だ。手ごわいぞ」

アルさんの言葉に、グレイの顔が歪んだ。

「やはり。やはりな。お前は……いや、お前らはナ・カハールの敵だったのだな！」

重い金属の音を鳴らし、大剣を背中から抜いた。

「ちょ、ちょっと待ってください！　グレイさん！　どうしたんですか⁉」

意味が解らない。何故こんな所にグレイが？　それに、何でアルさんも剣を抜いたんだ！　誤解されるじゃないか！

「もはや、言葉は不要」

「ノレム！　来るぞ！」

下水道で感じた突風が吹いた。俺は無意識に両手を体の前に縮めて構えた……が、あるはずの両腕がいつの間にか消失していた。

「うあっ……？　あああっ！　があああっ⁉　ああああああ‼」

失った腕が熱い。まるで火の中に両腕を突っ込んでいるようだ。遅れて、ドンという音が響いた。俺の両腕が、ごろごろと黒い床へと無残に投げ出されていた。

「……！　硬い……な」

グレイが何かを呟いた。俺は死にそうな激痛の中、必死に声を絞り出した。

「お……ふ……とん……！」

床に純白のお布団が現れた。その光景に、さすがにグレイも動けなかったらしい。アルさんはグレイに集中しているようで、こちらを見ていない。俺は短くなった腕で床を這って、何とか布団に入った。

『睡眠学習ＬＶ７を開始します。聖域を発動します。睡眠不足ＬＶ２の効果が切れました』

※※※

『お布団です』

や、やった……何とかお布団で眠れたみたいだな。腕はどう？　元に戻りそう？

『完全回復の効果で完治済みです。聖域が発動していますので、現実時間では一秒にも満たず再生しました』

良かった……。

『マスター、進言いたします。グレイとは戦わず、逃げてください』

……どうして？

『これは全て、アル・ゴーシュの罠です。このままではマスターに不幸が訪れます』

何を言ってるんだよ。俺の事なら全部を理解してるんだろ？　さっき腕を切り落とされたの解るだろ⁉　グレイは危ない敵じゃないか！

『アル・ゴーシュが言った言葉を思い出してください。グレイに対面したその瞬間に、敵対を促《うなが》すように仕向けているのです。その他にも……』

もういい！　やめろよ！　どう考えてもグレイは頭がおかしいじゃないか！　俺にお布団スキルが無かったらどうなったんだよ⁉　間違いで済んでたってのか⁉

『それは……』

アルさんの言う通り、グレイは敵だなんて言う気は無い。正直、俺もアルさんはどこかおかしいと感じる。でも、グレイよりマシだ。あいつは、俺達を逃がすとは、とてもじゃないけど思えない。誤解だと訴えても無駄だろう。もう、戦うしかないんだよ！それとも、お布団が何か奇跡を起こして和解してくれるって言うのかよ⁉

『……』

……もういい。起こしてくれ。

『マスター』

……何だよ。

『お布団は……マスターの最大幸福だけを……』

そういうのはもういいって言ってるだろ！　いい加減にしてくれよ‼

『……了解しました……』

『マスター支援LV1が発動しました。お布団ポイントは聖域の効果で得られませんでした。合計24ポイントです』

※※※

意識が急激にはっきりしていく。目だけ動かして周りを見ると、聖域を発動した時特有の無音が広がっていた。両腕を見て、安堵した。すっかり元通りになっている。体を起こして、グレイの方を睨みつけた。腰を深く落として、アルさんへと向き直していた。

「何なんだよこいつ……！」

俺は、自分の中にここまで怒りを感じた事が無かった。何の確証も無しに他人の両腕を斬り飛ばし、一切悪びれもしない人間に、深い怒りと憎悪を感じていた。俺は体を完全に起こして聖域を解除した。音がゆっくりと正常に戻っていく。

「……!? な、に……!?」

両腕が完全に再生された俺を見て、グレイは驚愕《きょうがく》の表情を作っていた。

「おまえ、何なんだよ。何でそんな事できるんだよ!?」

きっと、アルさんやグレイにとっては意味が解らなかっただろう。でも、俺は、俺の心は深く深く傷ついていた。もし、誤解だったら？ ただの行き違いだったら？ これが、フェミルだったら？ 俺にお布団スキルがなくて、何もできなかったら？

「とんでもない事したって解らないのか……⁉　お前っ……‼」

この現状は、お布団スキルという奇跡の上で成り立っている。こんな薄氷の上での出来事を気軽にやってしまうグレイを、俺はどうしても許せなかった。こんな惨状をいくらでも回避できたはずなのに、感情に任せて後先考えずに行動するグレイが憎くてたまらなかった。

グレイは驚いていたが、それでもアルさんへの意識は途切れていなかった。必殺の予感がする。お前はその凶刃で、アルさんも傷つけるつもりか？……許せない。

「お布団！　お布団買い替え、高級羽毛布団から寝袋へ！　そしてお布団領域拡張！　対象は俺の体！」

『了解しました』

光の粒が俺へと集まってくる。二人は呆気に取られているだろう。でも、そんなものどうでもいい。

「お布団！　材質変更！　寝袋から鋼鉄へ！　関節部分は鎖へ！」

『了解しました』

光の粒が消え、黒く光る鋼鉄の鎧を全身に覆った俺が現れた。

「グレイ……お前を、ぶん殴る！」

第二十五話

「何だ……それは……⁉」

お布団を寝袋へと変え、さらに材質を鋼鉄へと変化させた俺の姿は、グレイにとって異形に見えるだろう。この寝袋は虫よけも兼ねている機能があり、顔がすっぽりと覆われている。目と口の部分が細かい網になっており、周りの確認と呼吸が可能となっていた。

「グレイ！」

驚いているグレイに向かって突進した。グレイは剣を構え直したが、何かを察したのかすぐにその場から跳んだ。俺は勢いを殺せず、そのまま後ろの壁へと激突した。その衝撃で部屋全体が震え、壁は脆くも砕け散った。ゆっくりと後ろを振り返り、グレイを確認する。

「……鋼鉄か」

あっさりと俺の変化を当てられた。

「ノレム！　そのまま攻撃の手を緩めるな！　僕は援護に回る！」

「言われなくても……！」

グレイに一発お見舞いしないと気が済まない。俺はグレイを攻め続けた。全力の拳が、蹴りが、まるで当たらない。剣で受け止める事さえしない。さすがは英雄ナ・カハールの右腕だ。単純な腕力だったら俺の方が上かもしれないが、戦力は俺より遥かに上だろう。戦いの経験や技術の差はどうしても簡単には埋められない。

「!?」

突如、右腕に熱を感じた。よく見れば、右ひじから血が出ている。慌てて確認したが、関節部の鎖が数本だけ切れていた。見事な断面に寒気がした。それは、俺が暴れ回っているあの時に、グレイは正確に関節部分を斬りつけた事を意味していた。いつ斬られた!? ただ躱しているだけだったはずだ。前を向くと、変わらずグレイが俺を睨みつけている。表情が読めない。筋肉の動きが解らない。切り札の……全身鋼鉄寝袋が……効かない……!?

「……終わりか?」

グレイの声に、ぞくりとした。本当の強者に出会って理解した。俺は……ただ調子に乗っていただけだったという事を。拳を振り下ろせば岩も砕けて、添い寝をするだけで完全回復をさせる事ができて、風のように駆け巡れる事に、得意げになっていた。お布団の力に酔っていた。お布団で楽に強くなり、気持ちが大きくなっていた。

長い年月で知識を蓄えていったヨナさんは俺の事をどう思っていただろう。戦士として生きてきたメイプルの目には俺はどう映っていただろう。……努力して、とうとう戦う力を手に入れたフェミルには……――俺は自分が惨めで、情けなくて、悲しい気持ちで一杯になった。

「……それでも」

俺は雄叫びを上げ、今まで以上に鋭くグレイに突進した。

「グレイ！　お前は許せない!!」

俺の猛攻をひらひらと躱す。攻撃のたびに肘や膝に熱さを感じた。グレイが怖い。お布団の力が通じない相手に恐怖を感じてたまらない。でも、どうしても許せなかった。

「何でそんな簡単に人を傷つけられるんだ!?　相手の気持ちを考えた事があるのか!?　それだけの力を持っているのなら、その力は最後の最後に振るうべきじゃないか！」

俺は昔から、理不尽なことが大嫌いだった。善人が虐げられ、悪人が蔓延《はびこ》る世の中が大嫌いだった。世の中の大半は理不尽でできている。それは解っている。それでも、許せなかった。バンゾさんの話を聞いて、俺の存在自体がバンゾさんにとっての理不尽だと解った時は死にたくなった。

「！」

視界が斜めに歪んだ。足が燃えたような痛みを感じ、反射的に抑えようとしたが、膝から下に手応えが無い。鋼鉄の右足が床に転がっていた。

「ぐあうっ……！　お、おふとん……！」

俺はまたお布団スキルで完全回復し、攻め続けた。グレイの攻撃は徐々に鋭さを増している。関節部はおろか、鋼鉄で覆われているお布団部分でさえ切られ始めた。それでも、俺は攻撃を止めなかった。

これは罰だと感じた。今まで調子に乗っていた自分に対しての罰。理不尽が嫌いだと言いながら、自分にとって都合がいい理不尽は受け入てきた罰。善人を気取っておきながら、努力してきた者たちをあざ笑うかのようなスキルを持った俺の罰。

グレイが俺の猛攻を躱しつつ、アルさんの攻撃も全ていなしていた。二人掛かりでもまるでお話にならない。アルさんの鎧もボロボロになっていた。このままでは、アルさんまで殺される。他人の心配なんかしている場合じゃないけど……薄れる意識の中、腹が熱く感じた。俺の胴体が下半身から離れていく。とうとう鋼鉄ごと断ち切られたのか⁉

「お……ふ……とん……」

完全回復しては切られ、完全回復しては切られ、切られ、切られ、切られ、切られ、切られ、切られ、切られ、切られ、切られ切られ切られ切られ切られ切られ切られ切られ切られきられきられきられきられきられ……。

※※※

どのくらい時間が経ったのか。粉々になった鋼鉄のお布団と、ボロボロの俺は壁に背を預けていた。ぼんやりする頭で体を確認する。両手も両足もちゃんとあった。目だけで辺りを確認すると、アルさんが剣を杖のように地面へ突き立て、立ち上がろうとしていた。兜が少し割れて、中から白い髪の毛が出ている。

「ノレム……たた、かうんだ……」

アルさんの言葉が頭に入ってこない。そう言えば、グレイは？　彼を探してみると、何てことはない。少し離れた距離にいた。

「お前は何者だ？」

グレイの息が荒かった。切っても切っても回復して攻めてくる敵が、ようやく動かなくなったと感じたのか、自身の息を整える事を優先しているようだった。さすが英雄の右腕。俺はもう限界だ。何もできない。

「ノレム……！　起きろ……！　戦え……！」

無理だよ。ごめん、アルさん。何をやったって、無理だ。理不尽には勝てない。それが道理だったんだ。

「兄妹を探すんだろう……!?」

グレイの息が静かになっていく。あと数秒で俺の命が終わる。アルさんは、もう少し余命があるだろうか。ああ、疲れた。もう、いいや。

「君の……大切な仲間はどうする……!?」

……みんな……ごめん。ああ。フェミル。フェミルに、伝えられなかったな。好きだったな。……ごめん。

「グレイ……！　僕の……はあはあ……ノレムの……仲間は……」

息を完全に整えたグレイは、ゆっくりと首だけアルさんの方向へ向き、そのあと静かに呟いた。

「全て殺す」

突風を巻き上げて、グレイは急接近し、俺の首を刎ねた。


『魔人化ガ解除サレル条件ガ揃イマシタ』


「……!?」

グレイは、確かに切ったはずの首が胴体に繋がっている事に驚いているようだった。それに、剣が俺に掴まれてビクともしない事にも衝撃を覚えているようだった。

『魔人化LV最大ヲ発動シマス』

「……なあ、何でなんだ？」

俺は何度目かの質問をしてみた。グレイは俺の疑問に答えてくれないが、それでも質問した。

「どうしてお前たちはそうなんだ？」

『魔人化ノ効果デ、ステータスガ一時的ニ全テ乗算サレマシタ。LVガ5625ニナリマシタ』

世界がピンク色に染まったかと思うと、徐々に濃度が上がり、赤くなっていく。体の奥底から信じられないほどの力が漲っていく。

「情ってものが無いのか？」

『魔人化限定スキル　縛眼LV最大ガ発動シマシタ。縛眼ノ効果デ、対象ノ能力ヲ最低値マデ低下サセマシタ。黒霧LV最大ガ発動シマシタ。黒霧ノ効果デ、周囲ノ環境ノ従属化ニ成功シマシタ』

グレイは剣を掴む俺の右腕に蹴りを入れ、何とか引き抜いた。それにしても、グレイは余程疲れているようだ。さっきまでの動きとまるで別人。これじゃ、アロイス村の不良連中のほうが良く動く。

『魔人化スキル解除マデ六〇〇秒デス』

「……お前……その姿は……!?」

やっぱり質問に答えてくれない。もう、いいや。俺は構えている剣ごとグレイの顔面を殴りつけた。遅れて、俺の後ろから爆音と衝撃が広がる。グレイは左の壁に激突したが、勢いが死なず、そのまま正面の壁へと、まるでボールのように跳ねていった。そのグレイを追って、キラキラと光る二つに折れた剣が空中で舞い、グレイの側へと落ちた。

何だ？　ずいぶん簡単に殴れたな。俺の拳を躱す余裕もないのか？　それとも逆に、食らっても余裕なのか？

「ぐほぁっ！」

派手に血を吐いたグレイは折れた剣を掴み、よろよろと立ち上がった。眼光は一層鋭くなり、短くなった剣を俺に向けた。そんなものでどうしようって言うのか。それに、そこまで傷は深くないだろう。血を吐いたのはちょっと驚いたけど、英雄の右腕と称されるくらいなら、俺なんかが力任せに殴った程度で深手にはならないだろう。

「魔命断ち……」

グレイの体が薄く光り、剣へと流れていった。折れた先っぽから光が広がり、喪失した刃の代わりを果たした。それどころか、元の数倍の長さとなった剣を構え、一気に俺へと近づいてくる。……その動きが、妙に遅かった。ゆっくりゆっくりと迫ってくるグレイの動きに耐えかねて、自分で近づいて腹を蹴り上げた。

「ッ！」

グレイは天井へぶつかり、その勢いのまま床へと叩きつけられた。しばらく動かなかったが、ようやく上半身を起こし、正座のような姿になり、背をそらして上を仰ぎ見ていた。どうやら本当に消耗しているらしい。さっきまでの無敵ぶりが嘘みたいだ。一体、どうしたんだ？

「貴様も……同じ……か……」

ひゅうひゅうと呼吸が乱れているグレイが、血の泡を噴き出しながら俺を見た。

「……あの時に……ナ・カハールと戦った……魔人……の血を引く者だな」

訳の分からない事を言い出した。なんだ？　関係ない話をして隙をつこうとしているのか？

「あの時に……根絶やしにした……そう、ナ・カハールが言った……はず……だが……」

「な、何を言ってるんだ？　それに、その……何でそんなに弱っているんだよ？」

俺の言葉に力なく笑うグレイは、懐から何かを取り出すと片手で火を点けた。俺の体から流れたであろう血だまりを指さし、その近くへ火を投げた。

「見ろ」

意味も解らず、恐る恐る近づいた。血だまりを照らす火が、まるで血でできた鏡のように俺を映した。そこには……——俺の知らない俺がいた。

「え……？」

両目が赤く光り、禍々しく輝いていた。思わず本当に自分なのかどうか疑った。よく見ると、体から黒い湯気のようなものも噴き出していた。その姿に見覚えがあった。あの時に見た、あれにそっくりじゃないか。

「黒衣の……人攫い……」

何だ？　何が起きた？　何で俺は今こんな状態なんだ？　これもお布団スキルなのか？

「貴様ら……何を……やる気だ」

グレイの言葉で我に返り、反論した。

「な！　何って、それはこっちが聞きたいよ！　どうして王政転覆なんか！」

「……なんの……話だ……」

「……え？」

首すじに寒気を感じた。呼吸が荒くなっていくのが自分でも解る。

「王の命を狙って、城に入ったんじゃないのか……？」

「……我は……アルを……監視していた……」

——……なんだって？

「数カ月……前に……黒衣の人攫い……らしき影が……アルの部屋から出現していたのを……見た。そして、先刻……黒衣の人攫いが……王城へ侵入したのを……確認した。後を追っていくと……人が死んでいた……そして……この部屋に入り……消えた……しばらく調査している時に……貴様らが……来た……！」

俺はゆっくりとアルさんへと振り向いた。アルさんは首を斜めに傾げて、腕を組んでいた。さっきまで両膝を突きそうな程に消耗していたはずなのに、あれー？　とおどけて首を右へ左へ傾けている。

「僕の早とちりだったかなあ。いやー。ごめんごめん」

その仕草に、全身が総毛立った。初めて感じる。この人が怖い。お布団が言う通り、アル・ゴーシュの口から出るものは何もかも……嘘……だったのか？

「どうして……」

「いやいや、間違いって誰にでもあるじゃない」

「待ってくれよ！　この期に及んでまだ嘘をつくのか⁉」

「やだなー。僕は本当の事しか言わないよ」

グレイと戦った時とはまるで違う異質の恐怖。今のアルは、全くの未知の生き物にさえ感じた。

「いやあ、誤解が解けて良かった良かった」

アルはそう言いながら、剣を握ってグレイへと歩いていく。

「ちょ、ちょっと待って。何をする気なんだ？　グレイはもう戦えない！」

「うんうん。グレイは不法に城へと侵入したからね。拘束しないとね」

アルの言葉を聞いていると混乱してくる。言っている事は間違ってないが、こいつは駄目だ。グレイの側に行かせてはならない。

「待てって！　お前！　何をしようっていうんだよ⁉」

「うん？　僕はこの国を守りたいだけだよ」

心のどこかで考えていた悪者は、悪事が公になれば自ら高らかに宣言するものだと思っていた。コレコレこうしたかったから、ああしてやったんだ！　と。子供の頃から聞かされたおとぎ話に出てくる悪者はみんなそうだった。しかし、目の前にいる明らかな悪者は決して己を崩さない。いや、嘘で固められているから、真意を言う必要が無いんだ。

「ノレム君。公務を妨害するなら君も拘束しなきゃならないんだけど」

「アル……頼むよ……！　本当の事を言ってくれよ……！」

いつものように兜をぽりぽりと掻く仕草をして、アルはため息をついた。

「ノレム君！　僕は警備隊長なんだよ。お仕事！　お仕事！」

両手を胸の前で握ってぶんぶん振る子供っぽい仕草を見て、俺は心の底から恐怖を感じた。

第二十六話

「もーいいでしょ、ノレム君。そこをどいて。グレイを捕まえられないじゃないか」

腰に手を当て、背中を丸め、やれやれと首を振りながらアルが話しかけてきた。改めて異常だと感じた。この人の仕草や言葉は、本当に、全て相手を信じ込ませる為の嘘だったんだ。

俺は、グレイに近づこうとするアルと対面して、何とか通さないようにしていた。

「……」

グレイの息が荒い。口からはまだ血が流れている。俺は……何てことをしてしまったんだ……。

「やめろ」

ひとつの呼吸をするのさえ辛そうなグレイが鋭く睨みつけ、怒気をはらんだ言葉を吐いた。その目は未だ死んでいない。

「茶番は……いい……」

「なっ……!? 何を言ってるんだよ！ 本当に、俺は解らなかったんだ！ 知らなかったんだ！ こんな……アルがこんな奴だったなんて……！」

「えー？ ちょっとちょっと。酷いなあノレム君」

大げさにうなだれ、ショックを受けたような仕草をした。何て気に障るんだ。もう騙されない。

「な、なあ！ 逃げてくれ！ そ、そうだ！ ナ・カハールを呼んできてくれよ！ 俺がアルを抑えるから！」

「……」

グレイは応えない。

「グレイ！ 信じてくれ！ 俺は……俺は……何も……知らなかった……」

「くだらん……」

必至の弁解も、血と一緒に吐き捨てられた。それはそうだろう。今の今まで戦っていた相手が、俺は何も知らずに戦っていただなんて誰が信じる。俺だって、信じられない……。

「ノレム君。ホントにさ、そろそろいい？」

「……アル……お前を倒す」

もう、これしかグレイに信じてもらう方法がない。

「おいおい！　ちょっとちょっと！　何を突然言ってるんだよ!?　僕をぶっ殺すとか……捕まるどころか処刑されちゃうよ!?」

「殺すなんて言ってない！」

「あれ？　そうだっけ？　ごめんごめん。最近、記憶力が乏しくて。どうしたんだろ？　あれかな。毎晩のように見る悪夢にうなされて、寝不足になっちゃったのかなあ？」

「……ッ！」

アルと会話をしては駄目だ。訳が解らなくなってくる。

「ところでノレム君は何が好物なの？　しばらく牢獄にいるだろうから、差し入れしてあげるよ！　君と僕の仲だ。特別だよ！」

「もう、黙れよ！　お前っ!!」

「……ッがッ……」

グレイが大きな血の泡を吐いて、俺を睨む。憎しみの籠った視線をまともに受けて、胸が苦しい。

「……じかん……を……かせいでい……る……」

悪寒が全身に走った。アルの行動は全て嘘だと解ったばかりじゃないか？　その行動の裏には必ず意味があり、それを遂行するために嘘をついているんだ。

「ナ・カハール」

「⁉」

またもや先手を取られた。構わず攻撃すればいいのに、どうしてもその続きの言葉を待ってしまう。

「ノレム君さっき言ってたよね？　ナ・カハールがどうこうって。そんな事しなくても大丈夫だよ」

何だ⁉　何が言いたい？　自分が言った事を思い出そうとして、これさえも俺の行動を封じる手だと気づいた時にはもう遅かった。

「英雄は、遅れてやってくるって言うだろ？」

勢いよくドアが開いて、ナ・カハールが現れた。すぐに目線をこちらへやったが、血を吐いて床へ崩れているグレイに止まった。

「！」

ナ・カハールが部屋へ一歩踏み出したその瞬間、かすかに床が震えた気がした。その疑問は、次に聞くアルの言葉で解けた。

「お布団魔法LV最大　白昼夢」

ナ・カハールが止まった。光る剣を少し鞘《さや》から開け、辺りを見回している。汗が尋常じゃないほど噴き出ていた。

「ナ・カハールさん……!?　どうしたんだ!?　突っ立ってないで、は、はやくグレイを……」

「無駄だよ」

ぼそりと呟いたアルは、鉄仮面を外し、素顔を俺にさらした。そこには、俺と全く瓜二つの顔があった。肌の色が浅黒く、髪の色が白い以外、まるで同じだった。目を赤くし、全身から黒い湯気を噴出させ、アルはグレイへと一直線に走り、その胸に剣を突き立てた。

「グレイ!!」

ナ・カハールの絶叫が響く。俺はこの光景に、一切の理解が追いついていなかった。

「どうして……どうして……グレイを！　どうしてだ！　ノレム!!」

「え……？」

『六〇〇秒ガ経過シマシタ。魔人化ヲ解除シマス』

呆然としていると、急に膝から力が無くなった。床に崩れ落ちる前に、アルがニコニコし

ながら突進してきた。俺に体当たりをし、吹き飛ばされそうになるその瞬間。

「お布団聖域発動♪」

無音の世界。お布団スキル聖域特有の、あの無音。俺はお布団を召喚してない。なのに、何で？　何で今これが発動しているんだ？　体を起こそうとするが、力が入らない。

「聖域って、便利なようでそこまで使えないよね。知ってる？　聖域状態で人を殺すのってほとんど無理なんだよ。対象まで近づかないと攻撃できないのに、お布団の上に対象が位置すると聖域が解除されちゃうんだよね。でも、ノレム君の聖域ってちょっと僕のと効果が違う。人を助けてたし、あれ、僕の聖域じゃ無理だなあ」

「な……」

力を振り絞り、俺は首を外へ向けた。そこには……衝撃的な光景があった。今、俺が体を預けている物の正体。それはお布団だった。墨をぶちまけたように、真っ黒いお布団。あまりに黒すぎて、自分のお布団と同一の物とは信じられなかった。予想外な物の出現に呆けていたが、床が普通の石になっていた事に気が付いた。……やはり、そうだったんだ。あの黒い床は、材質を変えたお布団だったんだ。お布団領域で床を指定し、あらかじめあの部屋に……！

「なんで……お前が……お布団スキルを…⁉」

アルが俺の隣で横になった。終始ニコニコしている。

「ナ・カハールさんを味方にしたかったんだけど、この人……ホントに鋭すぎてさー。どうやったってお布団で眠らせる事なんてできなかったよ。お布団で洗脳できたら一発なのに！でも、ノレム君のおかげでようやくお布団魔法をかけることができたよ！」

アルは姿勢を直し正座をして、深々と頭を下げた。

「ノレム君。ありがとう。本当に君のおかげだ！」

照れくさそうに顔を上げ、軽く笑った俺と同じ顔のアルに対して、俺は怖くて怖くて仕方がなかった。話が、理解が、意思が、まるで通じ合えない。

「まあ、洗脳とまではいかないけど、白昼夢は見せる事ができたね。さっきグレイを僕が刺したけど、お布団魔法のおかげであの姿は、ノレム君がグレイを刺したように見えているんだ。これでノレム君は牢獄行きだね。なんせナ・カハールの目の前の凶行だ。例えヨナ様でも擁護できない。ああ、でも安心して。絶対に処刑になんかならないよ！　だって君は……僕が駄目になった時のスペアなんだから！」

もう、やめてくれ。離れてくれ！　お前は……お前は……本当に頭がおかしい！

「あっと、忘れてた」

アルが懐から飴玉のような物を取り出した。それを俺の口に放りこみ、無理やり飲み込ませた。すぐに、喉が焼けつくような痛みに襲われ悶えそうになった。

「っが……があ……」

「突然だけど、お布団スキルの弱点って知っているかな？　実に単純なんだけど、お布団って声に出さないと召喚できない事なんだよ。だから、喉を潰されちゃうと呼べない」

「……ぁぐ……」

声が出ない。力も出ない。

「それと、魔人化も限界までやらない方がいいよ。体力を使い果たしちゃうからね。魔人化のスキルを使うなら、小さく短く小出しにする事だね！　お布団スキルとの相性は最高なんだけどねえ」

アルはいつの間にか持っていた鉄仮面をまた被った。

「ごめんね、ノレム君。僕はただ、この国を愛しているだけなんだ。だから、ノレム君も僕のスペアとして、この国に尽くして欲しい」

音が広がっていく。聖域を解除され、俺とアルはもみ合う形で壁に激突した。そこからは……よく、覚えていない。気がつけば、俺は暗い空間にいた。水滴の音だけが聞こえてくる。

体を動かそうとしても、力が入らない。声が出ない。

遠くで声がする。どこだろう？　耳から伝わる振動に気づいて、ひんやりした床から聞こえたのが解った。意識を集中すると、人の叫び声がいくつも重なって聞こえた。絶望、怒り、憎しみ、悲しみ……どの声も、負の感情が渦巻いていた。俺は本当に生きているのか？　ここは……地獄だろうか？

第二十七話

いったいどのくらいの時間が経ったんだろう。世界は暗闇に閉ざされ、規則的な水滴の音だけが聞こえる。体に力が入らない。声が出ない。お布団を呼んで完全回復さえできれば……。

「……」

お布団は今の俺をどう思っているだろう？　何度も忠告をしてくれたのに、俺はお布団の言葉をまともに聞かなかった。そんな俺が、今更になってお布団に甘えていい訳がない。自己嫌悪と情けなさから涙が出た。いっそ大声で泣ければ良かったのに。

「……ッ……」

声が出ない。喉を潰されてしまったのか。嫌な想像をする。俺は今、暗闇に閉じ込められているのではなくて、目まで潰されているのではないか。確かめようとしても、体に力が入らない。時間をかけてなんとか腕を動かし、自分の顔を触った。指が目に触れて反射的に瞑る。どうやら、潰れている訳ではないようだ。これから……どうしたらいいんだろう。俺はどうなるんだろう……このまま、ずっと、死ぬまでここにいるんだろうか……。

死、という言葉でグレイを思い出した。彼はどうなったのだろう。俺が攻撃をしてしまったばっかりに、あんな結果になってしまった。もし生きているなら、謝りたい。それで済むとは思っていないけど、それで彼の怒りがほんの少しでも消えるなら……。

それに、ナ・カハール……自分の大切な仲間を、目の前で傷つけられた。その胸中は想像するに難しくない。アルは俺がグレイを刺したように見せたと言っていたが、誤解が解けるだろうか。

みんなは……今、どうしているのだろう。急に俺がいなくなって、心配をかけているだろうか。謝らないとな……。

「……」

「本当に謝りたいと思っているなら、いじけて寝てる場合じゃない。行動するんだ。自分に降りかかった状況に甘えるな。バンゾさんを思い出せ。あの人は最愛の人を失う不運が降りかかったのに、その原因である俺に愛情を注いでくれた。俺の現状は、バンゾさんより酷いのか？　違う。少なくとも、傷ついているのは俺だけだ。何だ。その程度じゃないか。それなら……立てるはずだ」

不意に、頭の中で言葉が響いた。まるでもう一人の俺が、今の俺へと叱責するような奇妙な感覚だった。しかし、さすが自分。全くもって正論だ。こんなところで、寝ている場合じゃなかった。

「……ッァァ」

力を込めて起き上がろうとしたが、上半身を横へ傾けるのが精いっぱいだった。自分の荒い息の音に交じって、ほんの少しだけ何かの音がした。

「何だぁ。死んだんじゃないんですねぇ」

暗闇のすぐそこから、ぼそぼそと陰気な男の声が聞こえる。

「おっと、失礼。わたくし口が悪いのでお気になさらないでくださいねぇ」

聞いた事のない声だった。誰だ……？

「おやぁ？　その顔……わたくしを御存じでない？　下水道で一度お会いしていますよぉ。わたくし、ナ・カハールとお話してたじゃないですかぁ」

そういえばあの時、ナ・カハールは誰かと話していた。よく思い返せば、グレイにしては小柄だったので、別人だったのかと今更ながらに気が付いた。

「そうそう。貴方、この前公開処刑されていましたよぉ。警備隊長のアルが責任者でしたねぇ」

な⁉　何だそれ⁉　俺はまだ生きているぞ⁉

「まあ、偽物を何やかんやして用意したんでしょうよ。そんな偽物なのに、貴方のお仲間は泣き叫んで暴れていました。フェミルでしたっけ？　兵士に斬りつけて貴方を必死に助けようとしていましたよぉ。偽物なのにねぇ」

フェミルが……⁉

「すぐに赤毛の人が連れて逃げてましたが、お尋ね者になっちゃいましたねぇ。ヨナは何もせず、ずっとアルを睨んでいましたよぉ」

そんな……

「あ、すいませんねぇ。わたくしの悪い癖で。関係ないお話でしたねぇ。わたくしが今まで培った隠密スキルを全身全霊で使いまくってここに来たのは、聞きたい事があったからですぅ」

聞きたい事……？

「アル・ゴーシュの目的ってなんなんですかぁ？」

「……アッ……」

「もう、大変参ってしまいましてねぇ。わたくし、ナ・カハールからの依頼でアル・ゴーシュについて五年近く調べているんですよぉ。わたくしの調べだと、アル・ゴーシュは偽名で、エルド・ゴーシュが本名。妙な能力で布団を召喚できる。それに他人を寝かせると、人を洗脳する事ができて、アルの言う事は何でも聞くようになる。問題はここなんですよねぇ。ここ。わたくしの所属している隠密ギルドの長がアルに洗脳されてしまったみたいで。この仕事を打ち切れと言われているんですよぉ」

「……」

「五年ですよぉ？　五年。五年も仕事をしたのに、成功報酬が貰えないなんて、あり得ないんですよねぇ。きっちりお金は頂きますよぉ。ですから……アル・ゴーシュを倒して洗脳を解くか、最悪、彼の目的を潰して少しはすっきりしたいんですよねぇ」

「……ッ……」

「あれ？　もしかして、喉、やられちゃってますぅ？　困りましたねえ。貴方はアルの蛮行の生き証人ですからねぇ。生きて貰わないと困るんですよぉ。……いや、て言うか、そもそもなんですけどぉ……」

少し間を置いて、隠密ギルドの人が口を開いた。

「貴方、どうしますぅ？　ここで腐りながら生きますかぁ？」

「……ッツ……」

「それとも、死人として世に出て反旗を翻《ひるがえ》す機会でも狙ってみますかぁ？」

「……！」

「断っておきますけど、辛いですよぉぉぉ？　貴方、この世界じゃもう死人です。公共機関はほとんど使えませんねぇ。犯罪者のような生き方をしなきゃなりません。それでもいいですかぁ？　ここの方が三食昼寝付きで快適って考え方もありますよぉ？」

「……ッツ！　アッ……！　エッ……！」

「何言ってるか解らないですけどぉ、目は生き返ったみたいですねぇ」

何かが両目に刺さった。しばらくして、それがランタンの光だった事が解った。光に照らされ、真っ黒い服を全身に着込んだ男が見えた。

「それじゃあ、出ましょうかぁ。そろそろ上を誤魔化すのも限界でしょうからねぇ」

※※※

植物の匂いで、ようやく落ち着いた。隠密ギルドの男は、俺を担いでどこからどう出たのか、俺がいた場所から王都の下水道へと逃れ、王都を離れた平野で腰を下ろしていた。

「わたくしも隠密ギルドに追われちゃいますかねえ。これからどうしましょうかぁ」

「……」

「あ、申し遅れました。わたくしはディと呼んでください。本名ではないですが、それが今のわたくしの名前ですねぇ」

ノレム、と言いたかったが、声が出ない。……こんなんじゃ、もう、お布団を呼ぶことができない。

「ああ、そうそう。アルについて解ってる事がもう一つ。彼は大嘘つきだという事ですぅ。

彼の言う事は、何一つ信じない方がいいでしょうねぇ」

……そんなの身に染みている……そう考えている最中、アルが言ったお布団スキルの弱点を思い出した。本当に、声に出さなければ呼べないのか？　本当なのか？　まさか……それも嘘なんじゃ……。

「ッ……！」

俺は呼吸を整えると、ゆっくり、丁寧に、できるだけ優しく心の中で呟いた。

〈お布団。〉

目の前で、信じられない光景が起きた。光の粒が空中にあつまり、純白のお布団が現れた。

光り輝くお布団が歪んでいく。涙が止まらなかった。最後の力を振り絞ってお布団を触り、心の中で何度も何度も謝った。

エピローグ

「いやー。疲れる。本当に疲れる。警備隊長って大変だよね」

僕は王都で人気のサンドイッチにかぶりつくと、足をぶらぶらさせてみた。

「ご報告があります」

「はーいはい。今日は何人？」

「七名が死亡しました。本日攫ってきた人間が、九名です」

「ん！　いいね！　プラスになったじゃない！　じゃあ、死んだのはいつも通りアンデッドにしておくから、棄てといて」

「はっ……」

踵を返していく彼女は、竜族とエルフのハーフだ。漆黒の髪と抜群のスタイルが自慢だけど、左頬にあるウロコを気にしている。英雄ギルドの一人でも、小さな悩みをもっているんだな。そういうのが人間臭い。なるほど、勉強になる。

僕は背伸びをして、大きな欠伸《あくび》をついた。首をぽきぽきと鳴らし、景色を眺めた。目の前に広がる巨大な空間は、王都の下水道へと繋がっている。五百年前と変わらずあり続けるこの空間は、何のためにあるのかな？

「ま、有効利用させてもらってるけどね」

地面が、壁が、天井が、黒いお布団で敷き詰められていた。一つ一つのお布団に、苦悶《くもん》の表情をした人間たちが叫びながら眠っている。彼等には一度眠らせたら死ぬまでお布団ポイント稼ぎに使わせて貰っている。お布団スキルの効果で体力が上がるから、中々死なないのがいいよね。

「でも、まだまだだなあー。一億ポイントとか、どうやって取るんだよこれ？」

僕はわざとらしくため息をついた。そんな僕の心情とは関係なく、どたどたと大きくて下品な足音を立てながら、ムキムキの大男が慌ててやってきた。

「アル！　ヨナ様達はどうすんだ⁉　他の奴らは死んでもかまわねーが、ヨナ様はオレのモンだぜ⁉」

「えぇぇ～？　むしろヨナだけが邪魔だから消したいんだけどなー」

「それは許さねえ！　オレの恋心は神様でも邪魔させねえ！」

長髪を前の方で固め、まるでツバが長いメットのような髪型の英雄が息巻いていた。

「ねー君さー。何で洗脳されてるのにそんな自我が強いの？　不思議だわー」

「オレの恋心は誰にも止められねえ！」

あーめんどくさい。

「はいはい。解ったよ」

僕は適当にあしらって、その場を離れた。ヨナはやはり邪魔になりそうだし、洗脳するのも一苦労しそうだからさっさと消しておこう。

「さて、警備の仕事しなきゃ」

国の警備は意外とやりがいがある。政治ばっかりやってきたから、新鮮だった。太陽と共に一日が始まり、見回りや雑事をこなして、たまに国民と雑談したり、夜は部下たちと語り合い、盃を片手に明日の活力を得る。本当に充実している。若かりし頃を思い出すなあ。

僕は監獄の隠し扉から王城へと戻り、自分の部屋に積まれている書類を確認し、城下町へと見回りに行った。今日も国を守るぞー！

その後

ふと気がつくと、太陽が沈みかけていた。私はどのくらいの時間をこうして過ごしていたのかと辺りを伺った。あれほど集まっていた大衆がまばらになり、夕日に照らされた人影が私の足元を行ったり来たりしていた。大衆にとってお目当てのモノを見た今、ここに留まる意味は無いのだろう。かくいう私もここにいる意味は無いが……体が動かない。

「何だよ。もう撤去されたのか？　処刑見たかったなあ」

「王様の命を狙うなんて、とんでもねえ奴だよなー」

「俺、見たぜ。ノレムっつったかな？　見た目は意外なほど普通で、そこら辺にいる村人みたいだった。それにまだ子供っぽかったけど、ああいうのが一番ヤバいんだぜ」

傍らで話す彼等の会話が、妙にはっきりと聞こえた。

「……えっ。な、なんすか？」「び、美人……」「あれ……どっかで見たような……」

「……」

どうやら私は睨んでいたらしい。自分の行動に驚きつつも、何とか体を動かして鎮魂碑へと向かった。

※※※

高台に位置する鎮魂碑からは、王都の城下町を一望できた。黄昏時の今、家々は黄金色に輝いている。あの時も、こうしてこの光景を見ていた事を思い出す。ここでフェミルと、メイプルと、そして……ノレムと一緒に兄妹探しをするために集まった事が、遥か昔のように思えた。

「……」

正面を向くと、鎮魂碑が西日で輝いていた。その姿があまりに神々しくて、思わず怒りが沸いた。いっそ破壊してやろうかと思ったほどだ。

「……」

今更になってこんな事を思うのには理由があった。下水道で遭遇した、壁のようにうず高く積もったアンデッドを見たせいだ。あれを見た時に真っ先に思い出した。アンデッドの大群を操っていたあの存在を。しかし、以前の戦いで消滅させたはずだ。……でも、もし、それが不十分だったら。まだ消滅していないのだとしたら。

「……」

嫌な予感がする。あの存在を野放しにしてはいけない。大変な事が起きる。

「……ヨナ?」

後ろからの声に、私はゆっくりと振り向いた。

「……」

メイプルが鎮痛な面持ちで、フェミルの肩を支えていた。

「……ごめんなさい」

フェミルは絞り出すように謝罪した。何に対してかは容易に分かった。ノレムが処刑されるあの場で、フェミルはノレムを助けようとして兵士に斬りつけてしまった。その行為は罪だが、あの行動を責める事はできない。

「……」

声が出なかった。フェミルを安心させようと口を開いても、空気が抜けるだけで喉から言葉が出なかった。

「ごめん……なさ……い……」

フェミルが泣き崩れてしまった。できるだけ声を殺し、自分を抑えようと必死だった。私はそんな姿を見てもなお、声の一つも掛けられないでいた。

「……」

どうやら私は、ノレムが死んだ事が本当に、本当に、こたえているようだった。

「ちっと、いいか？」

メイプルが首を捻りながらぽつりと呟く。

「単刀直入に言うけどよ。処刑されたのってノレムじゃねえんじゃねえのか？」

「え……？」

「……⁉」

何を言っているのだ？　目の前で首を刎ねられた彼は、まぎれも無くノレムだった。

「そもそもよお。処刑の原因になったのって、王の命を狙った罪なんだろ？　何でノレムがそんな事するんだ？」

「……」

「仮に、嵌《は》められたって可能性もあるけどよ。それだったらあの場で大暴れしてもおかしくねえってのに、ずっと呆けてた。ノレムはアタシがついた嘘でさえ「嵌められた……！」って悔しそうな顔をするヤツだ。そんなヤツが理不尽な死に際に暴れねえってのは……どうにも腑に落ちねえ」

「……」

「ま、あとは勘なんだけどな。処刑されたのはノレムじゃねえ。ノレムに似た何かだ」

……ノレムじゃない？　処刑されたのが？　……メイプルの言葉を聞いて、私はまるで火花のように思考が炸裂した。あれだけの力を持つノレムが、ただ黙って処刑されたのだろうか？　お布団スキルによって超人と化した彼が？　あらゆる毒物をも無効にする免疫補助のスキルを持つ彼が？　少ない時間だが、共に旅をしたノレムを思い出す。彼は……いつだって、前向きで頑張ろうとしていた。そんな、あの子が？

「……あり得ません」

「あ？　いや、ノレムじゃねえって言ってんだろ」

「え、あ、すみません。そうではなくて」

私はコホンと咳ばらいをして、フェミルの前に立った。

「フェミルさん。私もそう思います。アレは、ノレムさんではありません。恐らくは、魔法か何かでそう見せられていただけかと」

「ノレムじゃ……ない……？」

「はい。ノレムさんは、死んでいません。……きっと」

フェミルはキョトンとした後、顔をぐしゃぐしゃに歪めて大粒の涙を流して泣いた。

※※※

フェミルが泣き止んだ頃、これからの事を話した。

「まず、フェミルさんです。さすがに私でもフェミルさんが兵士を斬りつけた罪を帳消しにする事はできません」

「はあー？　そこは英雄のコネで何とかできねえのかよ？」

「無駄です。恐らく、アルが介入してきます。彼が警備隊長である以上、よからぬ事になるでしょう」

「……ごめんなさい」

「は。さっきからいちいち謝るんじゃねえよ。フェミルが乱入しようとしなきゃ、謳う賢者様が乱入してたぜ」

どきりとした。あの時、フェミルの暴れた姿を見て冷静になった私の手には、指揮杖が握られていた。こんなところで料理唄魔法を使えばそれこそ大惨事になる。慌てて懐に戻した姿をメイプルに見られていたらしい。

「と、とにかく。今は王都から離れるのが先決です」

「だな。しばらく西方にでも行くか」

「え……？　で、でも……ノレムは……？」

「……信頼します。彼にはきっと、必ず、そのうち会えると」

賢者とは思えない非合理的な言葉。つくづく、私はスキル負けだ。

「おう、それ乗った」

メイプルが後押ししてくれた。何だか、これでは立場が逆だ。

「つうか、おめえらノレムを高く見過ぎだ。あいつは、根っからの弱者だぜ？」

奇妙な事を言い出した。弱者？　一体何を言っているのだ？

「いえ、ノレムさんの強さは私が一番に理解していますが……」

「あーあー。頭が回る賢者様は目に見える確実なモンしか拾わねえ」

む……。メイプルはたまになぞかけのような言い回しをする。

「ノレムは最近までただの村人だったんだろ？　戦士としての自尊心だとか、強者にある散り際の美徳だとか、そんなモンには無縁の人生だったはずだ。そんなヤツが殺されそうになったなら、見ていられねえほど無様になるモンなんだぜ？　ションベン漏らして泣くわ、叫ぶわ、許しを請うわ、媚びるわ、フェミルみてえに暴れるわ、何でもする。徹底的にもがいて逃げる。アタシにゃよく解る。アタシがまさにそうだからな」

メイプルはそう言うと、鎮魂碑に肩を預けて腕を組んだ。

「仮に、本当にノレムが罪を犯したとしてだ。逃げようとするノレムがあの力で大暴れして周りは無事で済むのかよ？」

ノレムの力なら、この世界最高峰である英雄級を相手にしても難しいだろう。

「それでも何とかノレムの力を抑えたとして、大人しく従わせて死刑にするって無理じゃねえか？」

心を意のままにする魔法は知っているが、お布団スキルを持つノレムには効かない。少なくとも、従わせるなんてどう考えても現実的じゃない。

「つうわけで、アタシは一目見てアレはノレムじゃねえって気がしたわけよ」

メイプルの言葉は、何の根拠も無ければ全くもって論理的でもない。ただの感想……思っている事を言っているだけだ。……しかし、それに希望を感じた。心地よい希望だ。今までこういう事が何度かあったが、理論を超える感情に立ち会うたびに感じることがある。

「……何というか……」

「あ？」

「私の〈賢者〉を差し上げましょうか？」

「いらねえよ！　つうかどう貰うんだよそんなモン！　アタシは謳う賢者様ほどアタマよくねーからな」

「それこそ、貴女は貴女を低く見過ぎですね」

ようやく頭の熱が冷えたせいか、メイプルと二人だけで話していた事に気がついた。慌ててフェミルの方を見ると、彼女はいつもと同じえくぼを作りながら笑っていた。

※※※

日も完全に落ちた後に、私たちは王都を脱出した。目指すは西方だが、それとは別にこの先の事を考え、二人に打ち明ける事にした。

「しばらく三人で行動しますが、そのうち私は単独で行動します」

「……」

フェミルの不安そうな顔に胸が痛くなった。メイプルのように、不信感から睨んできてくれれば少しは有難いのだが。

「……ごめんなさい。これは、私の我が侭です」

「フェミルを置いて行くほどの事なのかよ？」

いつもの私なら、適当に誤魔化すのだろう。しかし、今は本心を言っておきたかった。

「……十年前の決着をつけなければなりません。私も含めた当事者がです。でなければ何のために戦ったのか解りません」

私の言葉に集中していたのか、メイプルが小石に躓《つまず》いた。

「……っと！　あ？　な、なんだ？　十年前の決着？」

「十年前の戦争の原因となった存在が、未だに消えていないかもしれないのです。もしそうなら、責任をもって私たちが消滅させなければなりません」

「戦争の原因って……西方諸国が東方諸国に戦争を吹っ掛けてきたんだろ？」

「いいえ。東方諸国の王都に坐するセントリアの王に憑りつき、戦争を仕掛けた存在がいるのです」

私は、書物に乗らない真実の歴史を二人に語った。その存在は当時の王に憑りつき、西方諸国へ攻め入った事。私たち……後に英雄ギルドと呼ばれる面子は表向きは東方諸国側として戦争に参加したが、裏で西方諸国の王と協力し、その存在を打ち倒した事。それで世の中が平和になった事。話せる限りの範囲で全てを話した。

「……マジかよそれ？」

「し、知らなかった……」

さすがにショックを受けているようだ。色々と考えているのだろう。フェミルとメイプルはふらふらと歩いては、小石に躓《つまず》いていた。

「ですので、私はあの時に戦った者として見過ごせないのです。あの存在……セントリア一世を」

王に憑りついた存在は、はるかな昔にセントリアを建国した原初の王だった。

「ノレムさんの事は心配です。しかし、今は彼を信頼するしかない。こんな状況では、私は私のやらなければならない事を優先したいのです」

ふんふん、と何度も頷くメイプルの目が少し優しくなっていた。どうやら解ってくれたらしい。

「わ、わたしも協力します！」

フェミルが深刻な顔で手を上げていた。

「それって、放っておいたら危ないですよね……？　最悪、また戦争になるかもしれないって事ですよね!?　そ、そうなったら……村のみんなが……！　だから、協力します！」

今更ながら、なぜ彼女に剣聖というスキルがあるのか少し解った気がした。彼女の剣はどこまでも他人の為にあるようだ。

「チッ」

舌打ちをし、頭をぼりぼりと掻くメイプルは何か悩んでいるようだった。でも、私は知っている。彼女の口から出る言葉を。

「……やるよ。アタシも協力してやんよ！……はあ。クソ。あいつらがいなきゃどこへでも尻尾撒いて逃げてやんのに……！」

あいつら、とは女傑の交易所の兵士達だろう。戦争になれば、間違いなくあの子たちにも影響を及ぼす。

「……お二人の気持ちに、甘えます」

私の言葉に、二人は目を丸くした。意外だったのだろう。以前の私なら、申し出を断っていた。しかし、もうそんな事は言っていられない。

「私はセントリア一世に対抗する術を見つけます。フェミルさんは力を蓄えてください。剣聖スキルを自分のものにするのです」

「は、はいっ！」

「メイプルさんは、どうしますか？」

「あー……そうだなあ。……チッ。戦士じゃもう限界か」

ぶつぶつと何か独り言を言いながら考えているようだ。

「まあ、アレだ。アタシのできることは限られてるからよ。その中からマシなモンを選んどくわ」

私たちはこれからの事を話しつつ、西方へと向かって歩いた。……私たちは妙に元気だった。まるで何かを忘れるように無理やり明るく、楽しく話しているようだ。しかし、ふいに思い出した私はたまらず空を見上げた。夜空は、夏の星座になりかけていた。

「……」

あの時に見た星に向かって、私は心の中で語り掛けた。

（……キミは解らないだろうが、私はあの日キミの事が気になって夜中に探したんだ。大きな木の下で眠るキミを見つけて、しばらく側にいたんだよ。すうすうと寝息を立てるキミの寝顔があんまりにも純粋で、思わず頬を触った。首元まで手を滑らせた時、汗をかいていることに気がついた。まるで赤ん坊のようなキミに妙な愛おしさを感じて、額にキスをした。自分でも何をしているのか気恥ずかしくなって空を見上げた。その向こうには、恐ろしいほど美しい星々が煌《きら》めいていた。百数年も生きているのに、あんなに星が綺麗だと思ったのは生まれて初めてだったよ）

「ノレム……キミは今、どうしているんだ……？」

その後二

ぼくはその日、いつもみたいにお母さんと、妹と、一緒に地図を見ようとしていた。お父さんが大切にしている地図は、お母さんが一緒じゃないと見られなかった。ぼくが勝手に見ようとすると、お母さんが怒るんだ。あれはお父さんが大事にしているものだからって。だから、本当は一人で見たいけど、いつもみんなで見た。地図を見てると決まって妹が泣くからうるさくて集中できないけど、それでもぼくは見たかった。ぼくはこの地図を見るたびに胸がドキドキして、家の中にいるのに冒険をしているみたいだった。それが本当に楽しくって、毎日毎日、地図の中で冒険をした。今日も冒険がしたくて地図を見ようとしたけど、できなかった。

「ア、アンデッドだ！　みんな！　教会まで走れ！」

隣りに住んでるカークおじさんが慌てて家に入って来た。ぼくはカークおじさんの顔が怖くて、不安になった。妹はまだ赤ちゃんだからずっと笑ってた。お母さんと妹と一緒に教会まで走った。中には、いっぱい村の人たちがいた。おいしい漬物をくれるマカシーおばさんも、面白いトッドさんも、村長のパラディアさんもみんながいた。ぼくはお祭りみたいな気持ちになって、何だか楽しくなってきた。

「……え？　ど、どこ？　あの人はどこ⁉」

お母さんが怒った。皆に怒鳴ってる。お母さんはいつも怒る。

「……カイが、アンデッドを最初に見つけたんだ……すぐに逃げれば良かったのに……！

村の皆が非難する時間を稼ぐって……！」

「え……は？　えぇ……？」

お母さんの顔が変な感じになった。妹を抱っこしてるけど、ずり落ちそうになってる。ぼくは怖くなって支えた。お母さん。ちゃんと抱っこしてよ。ケガしちゃうよ。

「……！　来たぞ！　来た！　わああ！」

小さな窓から外を見てたケプルおじさんが女の人みたいに叫んだ。それがちょっと面白くて、笑っちゃった。でも、教会のドアが大きな音を立てて震えているのを見て、泣きそうになった。

「う、うあああ！」「抑えろ！」「くっそおおお！」「いやあああ！」

みんなが怒ってる。何が何だか解らず、ぼくは怖くて仕方なかった。

「お、押し切られる！」「抑えろって！　おい！」「もうだめだああ！」

どばん！　って大きな音を鳴らして教会のドアが壊れた。ぼくは怖かったけど、つい見ちゃった。そこには、お化けが立っていた。ぼくはとっても怖くて、声が出なくなって、体が動かなくなった。そのお化けの向こうに、同じようなお化けがたくさんいた。お化けは、ぼく達の方をじっと見ていた。

「も、もう駄目だ！　終わりだ！」「いいから扉を閉めろ！　まだ間に合う！」「もう壊れてるじゃねえか！」

村の中で一番怖いジョセおじさんの顔が泣きそうになっていた。ぷるぷる震える自分の体が自分じゃないみたいだったけど、何とか歩いてお母さんの腕を掴んだ。お母さんはさっきからぼーっとしてる。ずり落ちそうな妹を抱っこし直して、背中をずっとぽんぽんしてるけど、そんなに叩いたらかわいそうだよ。お母さん。妹が泣いてるよ？　どうしたの？

「椅子だ！　重ねろ！」

皆は教会の椅子を入口に置いてお化けを中に入れないようにしていた。でも、お化けはそんなの気にしないで、ぞろぞろと中に入って来た。

「ああ……」

みんなが小さく叫んだ。お化けがゆっくりとぼくの方へ迫ってくる。でも、そのお化けはぼくじゃなくて、ぼくの隣のお母さんと妹の方へ向いていた。このままじゃ、お母さんが危ない！　ぼくはポケットの中を調べた。地図で冒険するときに使う、ちいさなちいさな剣のおもちゃを見つけて、それをお化けに向けた。

「お化け！　近づくな！」

ぼくは無理やり叫んだ。胸はバクバクしているし、足もブルブルしてるし、涙が止まらないけど、今はお父さんがいないから、ぼくが守らなきゃ。お母さんも、妹も、ぼくが守らなきゃ！　お化けはゆっくりと顔をぼくに向けて、手を伸ばしてきた。ぼくはそこから動けなくって、お化けに頭を掴まれた。強い力で締められて、痛くて怖くてどうにかなりそうだった。でも、その時。何かの音がした。耳がキンキンする。教会の外からだ。みんなも気がついたみたいで、ざわざわと騒ぎ出した。そのあとすぐに大きな音がして教会に何かが入ってきた。

「う、うわあああ⁉」「たすけてええええ！」「嫌だあああ！」

ぼくは痛みで気を失いそうになってたけど、何とか見た。入って来た何かは、黒い髪で黒い目のかっこいい男の人だった。片膝をついていたその人は、お化けを見た後ゆっくりと立ちあがった。


「お布団ブレード！　ダブル！」


かっこいい男の人が何か言うと、両手にぴっかぴかの剣が出てきた。男の人は剣でお化けを次々と切って倒していった。動きがまるで風みたいだった。全部倒した後に教会から出て行って、また戻って来た。脇に誰かを抱えている。

「あ！　あなた⁉」

それはぼくのお父さんだった。お母さんが泣いてお父さんに抱きついた。お父さんも泣いていた。ぼくも泣いちゃった。それなのに、妹はずっと笑っていた。

「みなさん、ご無事ですか？」

かっこいい黒髪の人はみんなに話しかけていた。

「あ、ありがとうございます……！」「救世主じゃ……」「ううう……助かった……」

ぼくはかっこいい黒髪の男の人に見とれた。だって、本当にかっこいいんだもん！

「やあ、もう大丈夫だよ。アンデッドは俺がもう全部倒したからね」

かっこいい男の人はぼくの頭を優しくなでてくれた。そのせいか、お化けに頭を掴まれた痛みは感じなくなった。むしろ、何だか元気になった気がする。

「あ、あのっ！　お、お名前は……!?」

ぼくはどうしてもこの人の名前を聞きたくなった。胸がドキドキする。

「名乗るほどの者じゃないけど……」

かっこいい男の人はそう言いかけて教会の外に出た。ぼくは慌てて追っていった。

「俺はアンデッドハンターのノレム……。あ……り、リア。ノレムリア、だよ。……ごほん。アンデッドハンター・ノレムリア！　それが俺だよ」

ハンター？　ノレムリア？　ぼくは良く解らなかったけど、かっこいい事だけは解った。

「お布団！」

ノレムリアがそう言うと体が光って、黒く光る何かになった。鉄の折り紙を三角に折ったみたいな形だった。

「じゃあね、お嬢ちゃん」

ノレムリアがそう言うと、大きな音と一緒に、鳥みたいに空に飛んでいった。その風でスカートがめくれあがってしまったけど、ぼくはそれどころじゃなかった。胸がずっとドキドキして頭がぼーっとする。ぼくは、ノレムリアが消えていった空をずっと、ずうっと、眺めていた。

オマケ　女子恋愛話

「ノレム……寝た？」

フェミルが部屋の隅にある白いシーツに向かって呼びかけた。まるで蜘蛛《くも》の巣みてえなそれは、何も応えねえ。返事を待っても中からはすーすーって寝息しか聞こえてこなかった。どうやらいつも通りすぐに寝ちまったみてえだな。

「もう大丈夫でしょう。では、フェミルさん。下着を脱いでください」

ヨナの言葉を聞いてフェミルは気恥ずかしそうにパンツを脱ぐと、空中に浮かんだ水に放り投げた。ヨナが何かを小声で言うと、空中に浮かんだ水の中に泡が出てきて、フェミルのパンツをぐるぐる揺らす。どうやら、こいつは洗濯らしい。桶もたわしも洗濯板も必要ねえ魔法使い流の洗濯……こんなもん、でたらめすぎるぜ。

「メイプルさんも洗いますか？」

「あー……」

アタシはちらりと蜘蛛の巣……いや、部屋の隅のシーツを見た。ノレムは一回寝たら何をしても起きねえ。試しに寝てるノレムの鼻に指を突っ込んだこともあるけど、起きる気配は全くなかったな。

「じゃあ、頼むわ」

フェミルとは逆に、下着以外の着てるモンを脱いで水に放り込んだ。もうすぐ夏だ。さすがにそろそろ匂いが気になってきたから有難えけど、しかしまあ、こいつは不気味な光景だぜ。

交易所にいた頃は、クーの奴がいつの間にかアタシの下着やら服やらを回収しては洗濯してた。申し訳ねぇから自分でやろうとしても、そん時にゃもう遅《おせ》え。すでにやられちまってる。「やろうと思ってたんだぜ？」なんて言っても「はいはい」って、ガキをあやすみてぇに流される始末だ。

でもなァ、アタシはアタシで生活のペースってモンがある。ガキの頃の習慣ではあるけど、洗濯だってちゃんと自分でやれるんだぜ？　……まあ、一週間に一度って感じだけどな。交易所のお嬢様方にゃ信じられねえらしい。アタシがそんな事を言うと悲鳴が出る時もあるくれえだ。

昔の出来事に耽《ふけ》っていると、ヨナの奴は平気な顔で服から下着から全部を脱いでぽいぽい水に放り込んでいた。おい！　やめろ！　おめえ、すっぽんぽんじゃねーか！　すぐ側にノレムがいるんだぞ⁉　何を考えて……と、アタシが注意する暇も無くフェミルが続いて服を水に全部突っ込んだ。シーツを被ってるとは言え、その下は当然、すっぽんぽんだ。

「……」

何だか勝負を挑まれているような気がして、なるべく自然に下着を脱いで水に放り込んだ。これでアタシもすっぽんぽんだ。正直、死ぬほど恥ずかしい。女だけなら全く問題ねえ。交易所でもおなじよーに裸でうろついた事もあるしな。注意されたけど……。でも、部屋の隅にはノレムがいる。ふっと、ノレムが起きてアタシを見る想像をした。途端に、胸が暴れだして顔が炎みてえに熱くなった。クソ、男は苦手なんだよ！

呼吸が荒い事を二人に悟られねえように整える。でも、元には戻らねえどころか汗もかいてきやがった。収まれ馬鹿野郎！　ノレム、頑張って眠れよ。もし起きたら……斬る。男が女の裸を覗くのは命がけだと思いやがれ。

「……」

空中で止まった水の中で、アタシとヨナとフェミルのパンツがゆらゆらと踊っていた。黒、赤、ピンクと……まあ、なんだ。そのまんまっつうか、そんな感じ。いや、アタシのはスブリガムなんだけどな。

「はあー……」

思わずため息が出ちまった。栄誉ある剣闘士だけが履ける武具、スブリガム。こいつは真の戦士の証とも言われてはいるけど、アタシにはどう見ても……エロい下着にしか見えねえ。アタシの目が曇ってるからか？　それとも、そもそもスラム育ちのアタシにゃ理解できねーのか？　ああ、クソ。思い出した。完っ全に油断してた。女傑の交易所で長々やってたツケだな。ノレムにスブリガムの異常性を改めて指摘されて、死ぬほど恥ずかしかった。つうか、アタシだって最初はコレ貰ってすげえ恥ずかしかったんだよ！　ホントに、なんだよコレ⁉　総長から授かってなかったら、速攻で捨ててやんのに！　クソっ！

「メイプル先生……ちょっと、いい？」

いつの間にかフェミルが隣に来ていた。

「先生はよせって言ってんだろ。……で？　何だ？」

「その……聞きたい事があって……」

「おお、いいぜ？　知ってる範囲で答えてやるよ。鍛錬の事か？　スキルの事か？」

フェミルのスキル、剣聖。世界でも珍しいレアスキルだ。百年に一人の剣の天才、その男女が契りを交わして、生まれる子がようやく授かるかどうかってシロモノだと、ヨナは言ってた。まあ、剣聖の強さは身に染みてる。それはそれはすげえスキルなんだろうよ。ただ、アタシはどうにも考えちまう。フェミルはどこからどう見てもただの村娘にしか見えねえのに、剣聖のスキルなんてモンを持ってる。そいつが、フェミルにとって不幸な事に思えちまって仕方がねえ。

「メイプルせんせ……。えと、メイプル。あの……」

どう考えても不釣り合いだぜ。フェミルは村で一生を平和に過ごして幸せに生きる典型的なタイプにしか見えねえ。何の因果でこんなスキルを持っちまったんだ？

「言えよ。なあに、大丈夫だ。アタシがついてる！」

フェミルはきっと怖がってる。残酷な運命ってヤツを強く感じちまってるに違いねえ。どうしてこんなスキルを持って生まれたんだろう？　ってな。良く解るぜ、アタシも極貧のガキ時代はずいぶん運命ってヤツを恨んだ。でも、心配すんなよ。アタシ達がついてるぜ。ほれ、ヨナも同じ思いみてえだ。いつもの無表情がずいぶん優しくなっていやがるぜ。

「あの、あのね？」

そこまで言って、フェミルは小さく縮こまった。相当悩んでるみてえだな。ほんの少し呼吸を整えた後、フェミルはアタシの目をまっすぐ見てハッキリ言った。

「男の人と付き合った事って、ある？」

――――――――――――――――――――ん？

「あ⁉　は、はあっ⁉　お、男っ⁉　付き合う⁉」

何？　なになに？　アタシは今、何を言われた？　んん？　訳が解らねえぞ？

「あのね。私、誰かと付き合った事がなくて。どうしたら……その。男の子が好きになってくれそうな、魅力的な女性になれるのかなあって……」

アタシは眩暈《めまい》がした。付き合う？　魅力的？　あまりにもアタシの生きてきた世界とかけ離れた言葉を聞いて、息をするのも忘れちまっていた。窒息する前に何とか深呼吸して、難題に立ち向かう。……が。

（……うん。わかんねえ……）

アタシの手には負えねえ。無理だ。こんな時には賢者様だ。口八丁でもいいから何とかしてくれ！　一筋の希望を持ってヨナの方を見ると……珍しいくらいに目が泳いでいた。え？　ヨナ。賢者様よ。まさか、おめえもか？　おめえも……アレか？　男性経験がねえってのか？　いや、まさかな。

「アタシよりヨナの方が詳しいぜ。うん。なあ？　賢者様！」

「あ……じゃあ、よろしくお願いします。ヨナさん」

賢者様は引きつった顔でアタシを睨んできた。いやいや、そうは言ってもエルフは長命なんだろ？　人生経験豊富なはずだ。アタシら人間なんかよりずっとな。相変わらず目が泳いでいるヨナが、一つ深呼吸してフェミルと向かい合った。

「恋愛のお話ですよね。うん。はい。ええと、うん」

フェミルは目を煌めかせながらヨナの言葉を食い入るように待っていた。純粋って怖え。にしても、ヨナのヤツ焦りすぎじゃねえか？　ちょっと待て。まさか……ホントに？

「いっぱい、いーっぱい、その、がんばるのです！」

ヨナ。おいヨナ。さすがに。それはねえんじゃねえのか⁉　フェミルがキョトンとしてるぜ？

「は、はは。エルフ基準だと、ちょっと良く解んねえなあ。言葉が深すぎるぜ」

「え？　あ、あはっ？　あはははははっ？」

ヨナが、らしくねえ不気味な笑い声をあげた。ちょっと寒気がしたけど、なるほど。なるほどなるほど。解らねえのか。うん。解った。おめえが解らねえのが解った。賢者様でも解らねえ事があるんだな。でも賢者様よお。おめえが何年生きたか解らねえし、どんな人生だったかも想像できねえけど……。

おまえ処女かよ!? いや、マジで処女だろおまえ!? あー、もう! そうだよ! アタシもそうだよ! 処女だよ馬鹿野郎! 一度も誰とも付き合った事なんかねーよ! 日々頑張って生き抜いてきただけだわ! 恋愛とかそんなんする暇ねーわ! 出会った野郎は全員そういう感じじゃねーわ! 何だったら逆に異性ってモンを遠ざける感じだったわ! だからわかんねーんだよ! そんなモン! 聞く相手を間違ってんだよフェミル! 察しろや! アタシらやべーって解れや! 今アタシ泣きそうだわ! ヨナも多分そうだわ! つうかヨナの方が心の傷でけーわ!

「……まあ、アレだ」

アタシは壊れかけヨナと交代した。これ以上は賢者様が本当に壊れそうだ。

「う、うん。何?」

アタシは必死に考えた。「雷速《らいそく》」まで使って考えた。雷速は瞬間的に体と思考力を雷みてえな速さまで引き上げられる、アタシの持って生まれたスキルだ。使えるのは一瞬だが、現実の一秒がアタシにとって十秒くらいになる。

考えろ！　考えろ！　考えろ！　どうすれば魅力的な女性になる？　容姿を磨く？　作法を学ぶ？　綺麗になる？　……ぐっ！　さっぱりわからねえ！　……今どのくらい時間が経った？　い、いや、そんな事を考えてる暇はねえ！　どうすりゃいい？　どう答えたらいい？　こうなったら……。

アタシは自分に置き換えた。アタシなら、男に対してどう魅力的に見せる？　どう好きになってもらう？　……男の前で、短えスカートをひらひらさせて、ちらちらとスブリガムを見せつけて、クネクネしている自分が思い浮かんだ。あああああ、これ死ぬ！　無理！　できねえ！　い、いや出来るかどうかは置いといて、つまり、そうか！　色仕掛けだ！　これなら間違いねえ！　一つ深呼吸して、瞬間的に閃いた回答を提示した。

「ぉぉお、おっ、おっぱいとか……み、見せちまえばいいんじゃねえか？　男をドキーッとさせられる、だろこれ？　ふ、ふへへ……っ」

アタシの妙案にヨナが「その手があったか！」と言わんばかりの拳を作った。

「え？　い、嫌だけど……。変な子って思われるし……」

しかし、フェミルの常識的で完璧な拒絶が、いかに自分たちが駄目なのかと思い知らされる結果になった。

「もう。二人とも、からかわないでよ！　私は真剣だったのに……」

フェミルの言葉に救われたアタシ達は苦笑いして、即寝た。ため息を残してフェミルもべッドに突っ伏し、しばらくして寝息を立て始めた。どうやら眠ったみてえだ。逆にアタシは全く眠気を感じなくて起き上がった。同じタイミングでヨナも起き上がり、何となく二人で窓から宿の外を見た。

「……」

「……」

お互い無言だけど、とりあえずこれだけは確認したかった。

「ヨナ。おめえ……男友達っていいんのか？」

「……います」

「一応、言っとくけど本当の意味でだぜ？　仕事関係の男は除外だ。本当の友達だよ。ちなみに……アタシにゃいねえ。男とは付き合った事もねえ。……アタシの体は……ふ。清いまだ。ふはは！　……もうさあ。見栄とか悲しいからやめとこうぜ……」

アタシの言葉に顔を一層引きつらせ、賢者様は本音を漏らした。

「……………いません。男性とも……付き合った事も……ありません」

風がアタシの頬を優しく撫でた。土の匂いなのか、胸がくすぶるような良い香りだ。

「言い訳じゃねえんだけど。それどころじゃなかったんだよアタシは……」

「……私もです……本当に、恋愛などというものには無縁でした」

「ガキの頃はその日生きるので必死でよ。男も女も無かったぜ。大人になってもやる事が多すぎて、そういうモンは全部後回しだって生きてたら……このザマだ」

「私も幼少期は修学だけでした。魔法は覚えることが多すぎるのです。そこから……ええ。今もずっと修学しているのみです」

今更ながら、窓が開いている事に気がついた。どうりで風が吹く訳だぜ。

「言い訳ではありませんが、魔法使いはそれ故に、恋愛経験が乏しい者が大半です。つまり、その……童貞と処女がほとんどです」

悲しい事を聞いた。エルフが寡黙なのって、もしかして異性と話したりしてきてねえからなんじゃねえのか？　アタシも人の事は言えねえけどよ。

「アタシはそういう訳で、男は……苦手なんだよ」

「私も……そういう目線では見る事ができません。ノレムさんは大丈夫ですけど……」

ん!?　え!?　ちょ、ちょっと待て！　それって……。

「……え？……あ、い、いえ。違います。ノレムさんは私にとって幼子のようなものですから、男性としては見ていません」

びっくりした。フェミルのライバルがヨナなのかと思っちまった。

「まあな。気持ちは解るぜ。ノレムはなんつうか、アタシにとっちゃ……お、弟っつう感じか？　たまに大人びてマセた事をしたり、言ったりする所なんてまさにって感じだぜ。成人したってのに、困ったガキんちょだ。ははは。あれで大人の包容力とかが出てきたら確かに解らねえかもしれねえけど」

「え⁉」

「あ、いや、だから！　た、た、た、例えばの話だっつうの！」

「そ、そうですか。例えばの話なら、確かにノレムさんがもっと大きな人間になったのなら……ふふ。私も解りませんね」

「へ⁉」

「えっ⁉　い、いえ！　私も、例えばです！　例えば！」

お互い、言ってる事があまりにも幼過ぎた。恋愛経験がねえアタシ達にゃ、こんな事を言うのが限界だった。

「何か……アタシら似てるな」

「はい……私たち、似てますね」

ヨナとの間に、妙な絆を感じた。しかし、お互い笑う顔が何とも悲しそうだ。

「わ……⁉」

声がした方に振り返ると、歩道で腕を組んでいる男女がアタシらの方を見て驚いていた。

二人はひそひそと何かしゃべりながら足早にその場を去って行った。

「……？」

なんだあいつら？　と思ったが、今の自分の状況を見てすぐに理解した。男女が見上げると、窓から見える上半身裸の女たちが、へらへらと薄気味悪い顔で笑っていた。それはそれは異常な光景だっただろうよ。同時にヨナも理解したみてえで、何とも言えない顔をした。

「……寝るか……」

「………はい」

アタシは夜空を見上げた。満天の星空でも見て気分を入れ替えたかった。でも、がっつりと曇っていやがった。全く。どこまでも締まらねえ夜だぜ。あーあ、クソ！

あとがき

初めまして。クリスタルな洋介と申します。普段は漫画を描いておりますが、今回はライトノベルの執筆をしました。文字で物語を表現するのは初めてでしたが、とても新鮮で発見があり、あまりの面白さに没頭しました。担当編集さんのご指導で文章における最低限の決まり事や、キャラクターの事も改めて勉強させて頂いて、大変身になる時間を過ごしました。この物語に関わった全ての方に感謝します。本当にありがとうございました。

初めてファンタジー世界を表現したわけなんですが、かなり難しかったです。例えば、この世界の本は印刷なのか？　手書きなのか？　紙は流通しているのか？　インクとかあるのか？　いや、まて。魔法が前提の世界なら、なんで中世っぽいんだ？　魔法が生まれた時代によっては、僕たちの世界より文明が進んでる可能性さえある。本来混ざり合わない金属と何かを魔法で合成できれば、鉄より硬く、紙より軽い物質とかも出来るんじゃ？　……などなど。ファンタジー世界をリアルに考えていくとSF世界になっていくんだなぁと思いました。今、一番やりたいのは世界史がめっちゃ詳しい人と、魔法の知識がめっちゃ詳しい人を呼んで「もし縄文時代から魔法があったら、世界はどうなっていたか？」が聞きたいです。最後に。小説書けた！　本出た！　うれしー！　売れなかったらごめん。

村人は
露わになった
アルの陰謀を
打ち砕け！
お布団スキルで
世界を救う2
快眠するたび勇者に近づく物語
Illustration / kaworu
クリスタルな洋介
2018年発売予定！

ななめ44°
イラスト●雫綺一生
大量重版出来！
2巻は
今冬発売予定！
捨てられ勇者は帰宅中
～隠しスキルで異世界を駆け抜ける～
勇者召喚→即ポイ捨てってって、
それは
ないでしょう！
小説家になろう発！
怒りの撤退ファンタジー！

2
HIKIKOMORI'S LIFE AS ASSASSIN IN ANOTHER DIMENSION 2
服部正蔵
ILLUSTRATION BY シロジ
大好評により3巻も発売決定！
引きこもりだった男の
異世界アサシン生活
友達の護衛任務でスタイリッシュに
暗殺！
ネトゲ廃人が
駆け抜ける
悪即断ファンタジー！
「小説家になろう」発！
書き下ろし短編も収録!!

TOブックス
みんな私の家族だよっ♪
やれやれ、俺がまとめて面倒見てやる
いい子にするから傍にいさせて？
ナデナデしてください！
第2巻
2018年
発売予定！
戦いが始まる！
ランド・ハーレムファンタジー！

異世界で孤児院を開いたけど、なぜか誰一人巣立とうとしない件
Isekai de kojiin wo hiraitakedo nazeka darehitori sudatou to shinaiken
初枝れんげ
Illustration パルプピロシ
大好評につき、早くも重版出来！
借金まみれの孤児院ではぐれ者たちの居場所を賭けた
ひとつ屋根の下、ネバー

次は獣人たちとバトル!?
セフィリアの魔法が
再び冴え渡る!
働きたくないのに……
神童セフィリアの下剋上プログラム
2
今冬発売予定!

ジンの過去が、今紐解かれる——
ゼロ能力者の英雄伝説 2
最強スキルはセーブ&ロード
東国不動　イラスト◆こちも
2018年発売予定！

三木なずな／イラスト★黒野菜
チートを作れるのは俺だけ
～無能力だけど世界最強～2
発売予定！

新たなる奴隷、現る――
2018年

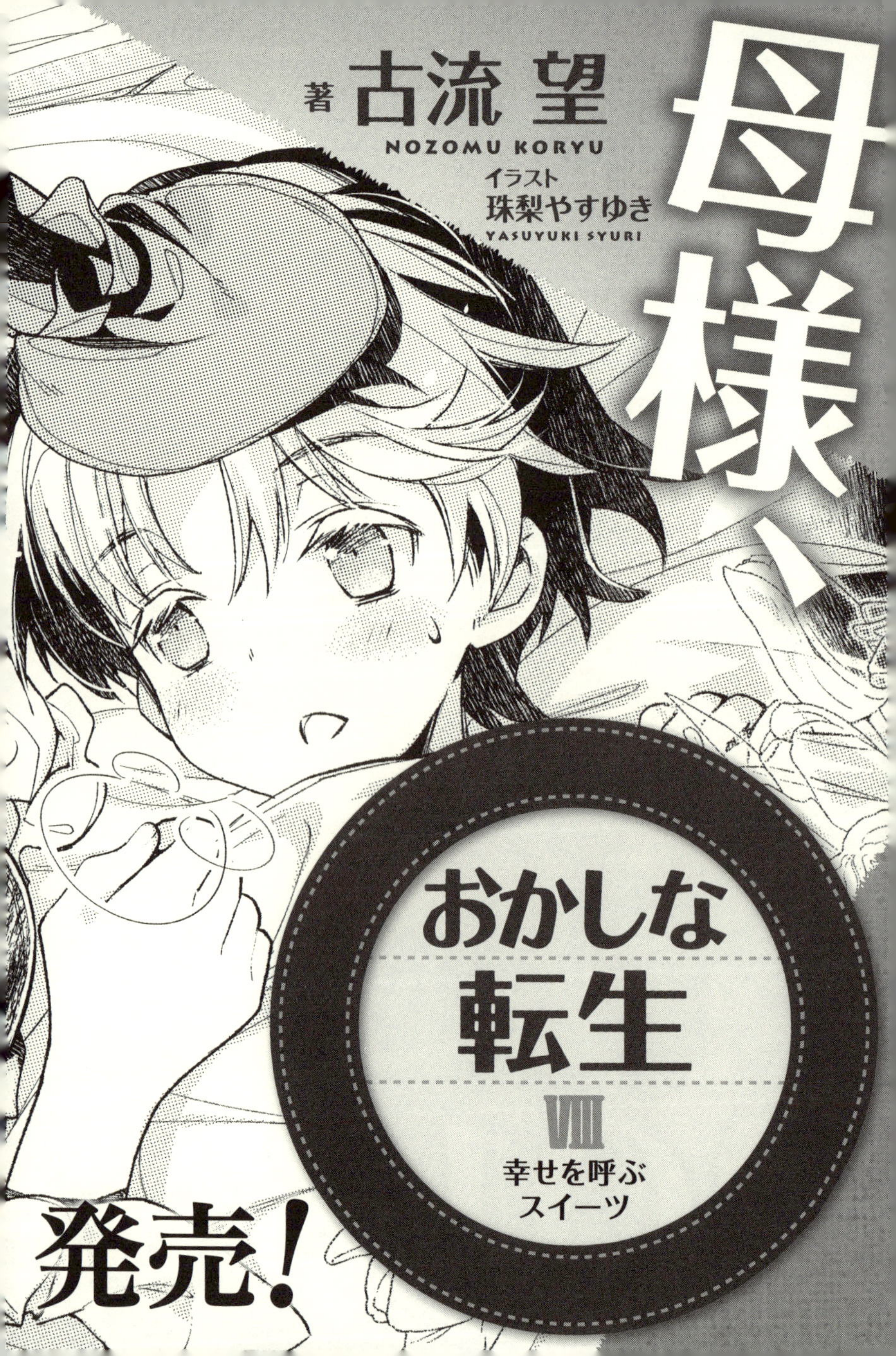

著 古流 望
NOZOMU KORYU
イラスト
珠梨やすゆき
YASUYUKI SYURI
母様、
おかしな
転生
VIII
幸せを呼ぶ
スイーツ
発売！

いつもありがとう
母の想いを満たす為、
領主代行ペイス、
社交界の戦場を駆け巡る！
2017年12月9日

村人Aはお布団スキルで世界を救う
～快眠するたび勇者に近づく物語～

2017年12月1日　第1刷発行

著　者　クリスタルな洋介

発行者　本田武市

発行所　TOブックス
〒150-0045
東京都渋谷区神泉町18-8　松濤ハイツ2F
TEL 03-6452-5766（編集）
0120-933-772（営業フリーダイヤル）
FAX 03-6452-5680
ホームページ　http://www.tobooks.jp
メール　info@tobooks.jp

印刷・製本　中央精版印刷株式会社

ISBN978-4-86472-626-9